Seba・蝴蝶

Seba・蝴蝶

Seba・蝴蝶

Seba・蝴蝶

Seba・蝴蝶

Seba · 蝴蝶

蝴蝶館 77

雙心

*Seba*蝴蝶 ◎ 著

elegantbooks

目次

雙心

月如鉤

雙心

前傳　回憶唐時

黝黑的意識底層，注視著這樣的靜謐。

多久了？

唐時不記得，當然，失去過往記憶的芳菲也不記得。靜靜的，只有潺潺的，流經心臟的血流，嘩嘩然，提醒著沉睡的唐時，她們，還活著。

活著，存在。這就是最大的反動和背叛，之於人世。

她的嘴角拉起一個溫柔的微笑。用胎兒的姿勢，浮沉於意識底層，她在做夢。但是芳菲卻毫不知情的在學校上著課。

蟬聲沙沙，或說，殺殺。火紅的鳳凰木在枝頭搖曳著夏日裡瘋狂的酷熱。

那天，也是這樣的日子，她覺得頸項流著火辣的液體，甘芳的血氣，微腥著，在草木正深的深山裡，飄搖。

痛。敵人握著雪白的劍鋒，冷冷的映著她桃花似的臉頰，即使是這樣狼狽的時刻，她臉上的豔光，卻沒有須臾或離。

他失神了。

妖女。

這個出身在天寶年間的將軍世家，又是神劍門首席弟子的男子，向來有著名門正派的驕傲。

自然鄙夷其他出身不佳，門派不夠顯赫的武林中人，這就成了他牢不可破的堅定意念。

下賤而旁門左道。每每在師父客氣的接待遠來的各路門派，表面謙恭的他，總是會在心裡撇著嘴角。

旁門左道都該皈依正派名門，要不，就該被清除。

所以，這次的任務才會讓他這麼的愉快興奮。

「雙木，你向來躁動，為師原不放心。但是這次誅殺妖女，乃是我習劍之人皆該戮力的。俠之大者，為國為民。若為了這災星降臨，導致世間大難，身為劍俠，不可置身事外……」

師父的叮囑仍在耳邊，他的劍已經抵在這妖女的頸上，讓她跪伏著看著自己，謙恭的，雪白的胸口半露。

眼神亮晃晃的，和她謙卑的姿勢完全不搭調。

陶醉的雙木有點小小的不悅。只要再用點力，這顆美麗的頭顱就該落了地……

她為什麼不顯出害怕的表情？

很快的，妳就要被殺了。

「你……要殺我嗎？」她張開小小的口，說。唇上的胭脂因為戰鬥和慌亂褪去了。

被這樣嬌弱的聲音震懾著，雙木半晌不能作聲。那樣妖嬌纏綿的聲音。

歌唱般，從小小的，褪去了胭脂卻沒有褪去嬌嫩的嘴裡發出來。

妖女。

那臉上的妖媚怎可絲毫不減？即使在她就要死亡的時刻？

妖女。

「沒錯，我要殺了妳。妳這轉世的災星。」

「災星？」她蹙起眉尖，「為什麼？你又怎知道我是災星妖婦？人人都這麼說……

但是我做了什麼？」

他動搖了一下，被妖女無辜的神情給攝了心魂。被催眠似的，是啊，她做了什麼？

「大師……鎮國寺的慈東法師這麼說！他說妳是妖星臨世，生來就是帶災禍的！這些年盜賊橫行，兵荒不斷，都是因為容妳這災星存活下去！不要以為妳身上帶著皇家的血緣就沒事了……」

皇家？「你弄錯了，我是長安樂坊的十三娘，不是什麼皇家的血緣。」

「哼。別裝了……」他想用點力，割下這美麗的頭顱，十三娘卻伸手拉住他的衣襟，「等等……你隨時可以殺我，但是讓我明白……」

羊脂白玉般的手，溫潤的反著日光，瑩然。指甲沒有惡俗的鳳仙花染，卻淡淡的發著櫻花的顏色，似乎也發出櫻花般微微反胃的芳香。

是的，隨時都可以殺掉她……又何必……何必急於一時？

「我隨時都可以殺掉妳……」他喃喃的，帶著恍惚的微笑，將劍往地上一插。

十三娘驚訝的張大了眼睛，這樣不解的神情更增她的清豔和稚弱。那種稚弱……那種想讓人徹底摧毀的稚弱……

他撲上十三娘嬌弱飽滿含著青春汁液的身體。

妖女。

這妖女據說二十五歲了，但是看起來，卻像是十四、五歲的少女。像是他在夏天的夜裡做夢會夢見的神女，會讓他羞恥，會讓他用不停練劍來驅魔的那種欲望。

他啃咬著她，用力的在她身上抓出血痕和烏青，像是這些年為了武道而禁止的邪念，終於可以瘋狂的傾瀉似的。這妖女終究是要死的……

終究他不會再看見這妖女……終究她無法再控訴自己，揭發自己的種種罪行。

什麼樣的罪行在妖女的身上，都會被赦免。是的，會被赦免。俠之大者，為國為民，不就是這樣？

這妖女禍國殃民，該殺。該用最殘虐的方法殺。

他狠狠地在十三娘雪白的左胸留下深深的牙痕，她哭叫，但是那種低吟般的聲音聽在雙木的心底，分外的騷動。他撲過去咬另一邊，左胸的牙痕一眼一眼的，漸漸流出血來。

雪白，豔紅。在這種強烈誘惑的對比中，雙木瘋狂的將自己像把刀般沒入十三娘。

她也像是被殺害般痛苦的一弓。

仰頭，陷入狂喜的他，只覺得脖子一涼，電擊般的快感痲痹了他的痛感神經，連鋒利的劍鋒沿著脖子，向下，剖開他的胸膛到腹部，雙木還怔忪的盡其所有，這才頹然的倒在她的身上，抽搐著。

不。臨死的他沒有感到太大的痛苦。抽搐是為了高潮的餘韻。

在他身下的十三娘喘著。死人的血流到她的身上，胸口的傷，因為血的鹽分而劇痛著。

用力推開那個死人。大咳了幾聲，臨死前，那死人無意識的咬了她脖子。雖然沒有流血，卻害她覺得喉頭甜甜的。

好痛。她發現自己手腳健全，除了脖子還滴滴答答的流著血外，一切安好。

看著漸漸昏黃的夕日。我……又活過了一天。

跪坐在地上，看著天空飛去的烏鴉幾隻。她望著天邊金黃絳紫的彩霞發呆。

那天……她從小長大的樂坊，被粗暴的官兵踹開了大門，以為因為爭風吃醋而來的嬤嬤，上前安撫，「唷，爺，您們這麼著……」

攔腰砍成兩截。

嬤嬤的上半身飛到她的面前，「……我們姑娘還做不做……」

營生。十三娘悄悄的替她說完那兩個字。

「把永生公主交出來！交出來饒你們滿坊性命！」

「爺……」眼淚鼻涕糊著的樂師，「從來也沒聽過哪個永生……」話沒說完，樂師飛了頭。

「沒聽過，全給我殺！」

一開始，他們就沒打算讓我們活。十三娘撿起樂師的頭，無聲的說著。

開始哭喊尖嘶。十三娘沒跟著跑或哭叫。她靜靜的縮到簾幕後的嬤嬤房間。

嬤嬤的房間有個放著舞衣的大衣櫃。她進去，坐在五彩繽紛的彩帶雪紡中，心底只是疑惑，卻沒有恐懼。

嬤嬤疼她，她知道。雖然嬤嬤對於她不哭也不笑覺得憂心，但是她常說：「十三娘將來定是樂坊第一人。」

十三娘沒有讓她失望。不過十二歲的她，已經是許多達官貴人的愛寵了。嬤嬤疼她就像疼後院會生雞蛋的母雞。

銀紅、嫩青、亮橙、粉綠、墨藍、淺靛、絳紫。各色的舞衣飄蕩著，昨天還穿著這些衣服飛舞，飄飄像是天仙的姊妹們，隨著呻吟聲的減低，漸漸的死了。

死……死就是這樣。死了就沒有了，死了就會發臭，會腐爛，變成白骨。我也會變成那樣，大家都一樣。

她想起四娘。生重病死的四娘，死掉時眼睛沒有閉，身體很快就硬掉了。

一直沒有哭，只是詫異的看著。

放進棺材裡，漸漸的飄蕩出奇怪的惡臭。臨到她要下葬那天，十三娘悄悄的跑去掀開她的棺材。

長了好多蟲，在雪白的喪衣裡爬來爬去。四娘大張著嘴巴，臉已經不大看得出生前的樣子了。

害怕？為什麼？她還是四娘呀。只是死了，爛掉了。

鬼？沖煞？為什麼？她為什麼要恨我？如果有人被鬼殺死了，我怎麼沒看見過？

她看過許多人殺人，卻沒看過鬼殺人。

每次有人爭風吃醋到最後，往往會拔劍。有回死掉的人的血，就濺在她的花鞋上。容顏不改的繼續彈琴。殺人的公子對她翹了翹大拇指，賞了她很多銷頭。

為什麼要害怕？他已經死了，什麼都不能做了。

她一定是睡著了。對著滿間漆黑的綾羅綢緞發呆。

夜了。她走出來，滿屋子死人。

大家都死了。有的被砍斷了手腳，有的被砍去了頭，有的被剖開了胸和腹部。

剛死不久的人，除了驚駭的神情，還是和活著的時候沒有太大的差異。姑娘們臉上豔麗的妝扮，甚至沒有脫落，映著雪白的肌膚、豔紅的血、暗赭的內臟和粉紅的腸子。

奇特的，除了恐怖外，還有種怪異的美麗。

她蹲在十一娘的屍體前面，好奇的撫摸她的腸子。

軟軟的。居然還沒硬。

就像現在她摸著雙木的心臟。微微的溫著，蠕動著。奇怪的觸感。還有肺葉，還有胃。

啪的一聲，頰上著了火辣，又驚又怒的師父，給了她一鞭。

「妳……妳又這麼做了……我不是告訴過妳，不可以碰屍體嗎？」

那一夜，雪片般的李花繽紛裡，師父用馬鞭打了她，嚴厲的說了同樣的話。

「為什麼打我?!」憤怒的十三娘，含淚罵著，「我又沒殺他們，我又沒做錯事，為什麼打我？」

是啊，為什麼？

「為什麼打我？你不是准我保護自己嗎？你准我殺人，不准我碰死人？」

是啊，為什麼？

低頭看著身上又是血又是泥的十三娘，看到她的傷痕和血漬。在他疏忽的時候，不知道受了多少的折磨。

那傢伙是該殺。他很痛惜。

但是殺了敵人的十三娘，用著那麼愉悅的神情撫摸死人的內臟，這逼他不得不去想十三娘的宿命。

妖女臨世……無止盡綿延的戰火……

他將這危害世間的毒花，移植到沒有人跡的荒山。在那個頭上髮上拂不去的李花飄零的夜晚，為了心底的一點點顫動。

那坦白無邪殘忍的眼睛……

從那個夜晚起，他就從護國大將軍的榮華富貴，和名門弟子的驕傲當中，徹底的墮落。

為了那雙眼睛，是的，為了那雙眼睛。

和她，一起墮落。

帶著年僅十五歲的十三娘，到處躲避加諸於身的刀斧。這些他都不覺得怎樣，但是師父痛心的神情，和誤傷了許多師兄弟，這才讓他揪心。

「醒醒……懷文師弟……」師姐流著淚，雲鬢散亂的對著他，「你怎可為了那個禍國的妖女殘傷自己同門呢？」

「不要再追來了。」懷文慘然的看著被他刺傷的師弟，將金創藥擲給師姐。

受傷的師弟忿忿的將金創藥奪過來，摔個粉碎。

「我寧可死！也不要受這種敗類的恩惠！」原本崇拜他的師弟，恨恨的咬牙切齒，

「師姐！不要跟這種被妖女迷得昏頭轉向的敗類白費口舌！他不是我師兄！他不是！」

是的。自從他選擇了十三娘之後，他就失去了一切。

恨她嗎？有時候。

在極深的夜裡，吃著沒有鹽的獸肉，忍著嚴寒時，他會想乾脆殺掉十三娘，提著她的首級回到舊有的生活。

但是一看見十三娘的眼眸，他又迷失了。

清亮的沒有一點感情的眼睛，反映著他猙獰的容顏，這樣美得不可思議的豔麗，卻不曾出現過任何情感。

她笑，只是因為別人笑了。她沉下臉，只為了別人凶惡的對著她。

若是十三娘獨自一人，她的表情就像是沒有雲的長空。

什麼都沒有。

「師父，你為什麼救我？」十三娘磕過頭後，問。

懷文沒有回答。只是深遠的看了她一眼。

開頭兩年，他們居無定所的遊走，四處和來襲的刺客作戰。懷文幾次虎口搶下十三娘一條命，為了不讓她輕易的死去，懷文開始教她武藝。習武之人，最需要專心澄慮。但是能專心的人，通常天資愚魯，而聰明智慧的武者，又常常無法專注。

但是十三娘不是這樣的。

她靈慧，心法一點就通。但是沒有感情的她，要她分心也不容易。她學得越快，懷文教得越多。懷著一種燃燒似的情感，他將自己會的一切設法全教給十三娘。

之後，他們來到這個小小的荒山。

瘟疫侵襲過這個深山裡的古剎，裡面只有一堆堆裹著袈裟的比丘骨骸，長年在戰場衝鋒的懷文，自然不覺如何，而十三娘……

十三娘面無表情的從骨骸上跨過去。

豔麗的她，有著非常大的，情感上的缺陷。

她幾乎沒有感情。也沒有懼怕。在骨骸堆旁睡得非常香甜。

懷文苦笑著，也闔眼睡去。走過秋天炎熱的餘暑，殺殺的秋蟬聲中，晝寢著。

醒來，十三娘已經不在了。他的喉頭縮緊。

奔出來，瘋狂的四下尋找。在寺後斷崖邊的楓樹下，找到了她。

背著手，站在楓葉飄零的火紅中，長髮在秋風裡飄搖著。佩在纖腰上的環珮玲琅，飄動的裙襬，像是迎風而舞。

漫天火紅的楓葉，雪般紛飛，赭紅的楓葉。天邊血紅的夕陽，染遍了半個天空，她成為淒絕豔紅中，雪白的一抹倩影。

察覺懷文的存在，她微微的側了身，「師父。你看，好漂亮……」她朝著山下一揮手，笑著，淡得幾乎看不見。

亭亭的麥田翻金浪，綿延到天際。她的頭髮映著夕輝，彷彿黃金打造般。

歌唱般的聲音。這些年來，不停的，不停的壓抑……

冷著臉的他，走近十三娘。

俯身，抱住她。從師父的肩上看出去，薄薄的月緩緩的透過雲層，像是蒙著紗，冷冷的。

「師父……喜歡十三娘嗎？」這樣嬌弱的聲音。

沒有反抗，十三娘緊緊的抱住了他，在他的衝刺下嬌吟著。

直到結束。

趴在十三娘身上的懷文，突然憎惡的推開她，低吼著打斷了那棵楓樹。倒下的那一刻，整樹火紅都在顫抖。

十三娘還是沒有什麼表情的坐起來，將衣服穿好。轉身離去。

「十三娘！」懷文叫住了她。

「師父……不是不再喜歡十三娘了嗎？」

抱著她的時候，都說愛。抱完以後，在路上相見都不可相認。這不是規律嗎？

定定的看著她，「不是……不是……」他突然轉頭離去。

遠遠的看著他，十三娘的表情一點都沒有改變。

他讓十三娘跟他磕頭拜師，但是他又抱了十三娘。

從那次之後，他沒有再碰過十三娘。卻在每個黏膩的夜裡煎熬著。

為了發洩這種苦悶，他更專心的鑽研武學，而十三娘也像海綿般，吸收著他所教導的所有武藝。

他們在這個荒山定居了下來。

只有幾條通路，山裡的蛇蟒猛獸又多，懷文佈下了迷陣，上山驚擾的人就少了很多。

但是，十三娘為什麼跑到這麼淺的山腳下？

她默默的從草叢裡抱出個睡得正甜的嬰兒。

懷文抱過手，發現在孩子身上有著狼牙的印子，已經上過了金創藥。

看著獲救的孩子，他的心裡，有著異樣的感動。

到底十三娘還是有情感的。所以，他沒有再責備十三娘，只遠遠的護送著她，讓她將嬰兒交回。

呼天搶地的母親狂喜的拚命磕頭，碰碰作響。十三娘沒有什麼笑容，只是將孩子往母親的懷裡一丟。

之後，十三娘又收養了隻死去母親的小山貓，懷文也沒有阻止。

她……也不過是個普通女孩子。

不久，懷文發現自己錯了。

小山貓誤中陷阱，一命嗚呼。本來擔心十三娘的哭泣，但是她只是把死掉癱軟的小山貓拖回去。

當夜他們吃肉，顏色豔紅鮮嫩。

「很好吃，」喝了好幾碗湯，懷文稱讚不已，「這是什麼肉？松鼠？」

「山貓肉。」

就是……就是每天朝著他們撒嬌，磨蹭，喵喵叫的小山貓嗎？

他跑去嘔吐。

「十三娘！妳怎麼可以這麼做！妳……那是妳的貓，妳的貓呀！」

十三娘睜大了眼睛，「為什麼不可以這麼做？牠已經死了。身上的肉對牠也沒用了……」

「閉嘴！那妳又何必收養牠？」

十三娘詫異的看著他，「救牠不費事呀，牠那種哭哭啼啼的聲音，讓我睡不著。」

只是為了想睡好，所以……

所以她出手救了。

但是若死了……她卻也沒有什麼感覺。能夠平靜的剝下小山貓的皮，將牠的屍身燉成湯。

若是我死了呢？她大約會面不改色的將我吃了吧？

妖女！

狠狠地掌摑過十三娘，對她的嫌惡，又多了幾分。

「為什麼打我？師父！你為什麼打我?!」她的臉高高的腫了起來，神情卻那麼的倔強不屈。

「何不一開始就殺了牠？」這樣也不會發出哭聲了，不是嗎？

「我肚子不餓。不餓的時候為什麼要殺生？」

只因為不餓？妳……

十三娘捂著臉，咬著唇，看著他，一滴眼淚也沒流。

為什麼不哭呢？妳若哭了……我可以順理成章的將妳摟進懷裡……嬌豔美麗的十三娘……

但是她只是倔強的背過身體。好幾天不願意跟他說話。

剛剛驅趕走荒山的獵人後，懷文的心裡很沉重。

這些人……不是為了果腹所以殺生。

他看著堆積如山的鳥屍死獸，這些他們不是拿來吃的。只是拔走了羽毛，剝去了毛皮。

他們肚子不餓。但是卻瘋狂的，為了美麗的羽毛獸皮殺生。

十三娘……妳……

「十三娘？十三娘！我知道妳還沒有睡。」懷文坐到她的床沿。昏黃的油燈搖曳，十三娘背躺著，沒有回答。

「我知道，妳還在為了我打妳那耳光的事情在生氣……但是……十三娘，我也希望妳知道，也許妳的想法有妳的道理，但是……妳若到了山下，和其他人共同生活……這樣的想法，就是不行。」

「我沒有打算下山。」

「也許有一天……十三娘，妳知道為了什麼妳會被追殺嗎？」

十三娘轉過身來，眼眶裡積著淚水，「因為我是妖女。據說我出生的時刻就是妖女誕生的時刻。」

懷文點了點頭。「而且……據說妳是皇室的永生公主。即使身分這麼高貴，妳還是眾人誅殺的對象……」

「但是我做錯了什麼呢？」不甘願的眼淚橫過臉頰，「我什麼都沒做。要不是別人想殺我，我不會去殺別人的。因為被殺是會痛的，所以我沒有主動殺過任何人。」

懷文也動搖了起來。長久以來，他都認為將這個禍害的毒花移植到深山裡，一定會給周遭帶來大災難。但是災難一直沒有發生。

他只能讓十三娘靠在他的胸前啜泣，輕輕撫摸她的頭髮而已。

在可能的範圍內，在他看得到的地方，盡量的保護她。也只能這樣了。

在十三娘二十八歲那年，逃過命運的第十三個年頭。

在周遭的城鎮裡，流傳著劍仙的傳說。

據說，美麗得令人目不轉睛的劍仙，會嚴厲的懲處惡人，拯救無辜。只知道她住在那座險峻的荒山，卻不知道她的姓和名。

她散著一頭烏黑的長髮，手裡持著不滿兩尺的短劍，打鬥時環珮玲琅。不管怎樣的高手都非傷在她手下不可，她來去如風，轉瞬就消失蹤影。

他們管那座荒山叫劍女峰，並且在附近建造長生祠。

這些傳說，專心鑽研武學的懷文不知道，趁著師父閉關時閒晃的十三娘當然也不會說。

這天，趁著師父閉關，她又下山逛了一圈。她的輕功頗有進展，轉瞬間就回到家。

呵呵，我要表演給師父看。她微微的笑著。

但是……他們的住處卻多了很多死人。

「師父！」第一次，十三娘為了死亡恐懼。死亡……師父……

「師父！」沿著屍體和鮮血，她在屍堆裡奔跑著。人數這麼眾多，但是她心裡卻只惦念著應該活著的師父。

終於，她跑到懸崖邊的楓樹。師父打斷楓樹的地方，又再長出新芽，十餘年後還是亭亭如蓋。

春末，楓葉青綠若翡翠，深山裡的鳳蝶群，上下著。

師父就俯躺在地上，看不見他的臉。

「師父！」十三娘將他扶起來，心底恐懼開始加溫。

「十三娘，回來啦？」師父微微的笑著，胸口插著匕首。

「我……我馬上幫你治傷……」

「他們都是來追殺妳的……妳不在真的太好了。妳知道嗎？安祿山攻破了長安城……整個長安……不，整個大唐陷入了戰亂的煉獄了……」

十三娘沒注意聽他說話，忙著替他點穴止血。

他快要死了。懷文覺得冷。看著十三娘感情終於波動，他覺得很高興。這是……這是為了我呢。

她……真是美啊……歲月沒有在她身上留下任何痕跡，還像初相識的時候……

「看……十三娘……鳳蝶……」

被引得抬頭一望的十三娘，只聽得撲的一聲，低頭，原本刺在師父身上的匕首從胸透後背。

師父？她張大眼睛，懷文笑笑的用最後的力氣插深些。

咳了一聲，血液沿著食道上湧，她吐出血來。順手昏亂的打死了師父。

好痛……她摔倒在翠綠的楓葉底下。晚風吹來，夕陽染得半邊天空金黃，她抬起臉，看見真的有大群大群的鳳蝶在飛舞。

滿天飛舞著，長尾黑色，夾著赭紅美豔鳳蝶。生命漸漸的抽離……血液慢慢的停止……連映在瞳孔中的色彩……都漸漸淡了……只剩下……蝶身耀眼的赤紅……

意識慢慢的滑落。冷。

為什麼……師父為什麼要殺我？因為我是妖女？我做了什麼？為什麼我只是想活下去，卻非死不可？

不甘願……不甘願……師父……你為什麼殺我？

接下去的記憶，模模糊糊。就像在夢中。

也許是長生祠……她的魂魄居然因為香火和怨怒化成了厲鬼。專門侵襲少女的厲鬼。

為了不讓記憶中的屍臭和腐敗繼續下去，她開始吃人，而且都是年輕貌美的少女。

每吃了一個人，她會平靜一段時間，化成人的模樣，行走。

到處挑戰各門派的高手，失敗的就得死。越是喜歡的對手，越要他死的絕對而慘烈。

抱著慘不忍睹的屍體，她會愛憐的擁吻著死去的人。

這樣，你才不會逃脫……就像師父一樣。

妖女？怎可名不符實？她手底的人命漸漸多了起來，特別喜歡武林高手的性命。

*　*　*

狂烈的戰鬥後，將她喜愛的人殺死，她心底充滿喜悅和哀戚。但是耗費太多的精力，十三娘的右臉像是燒融的蠟燭，崩壞的現出下面的白骨。

啊……我的臉……

女人……我得趕緊吃個女人才行！

她挾著狂風刮進深深的桃林，看見個銀髮的女子，靜靜的坐在桃林中。

雖然滿頭銀絲，但是，她的面容還是少女。

失去理智的十三娘撲了上去，卻意外的挨了下電擊。

慘叫了一聲，被遠遠的彈開來。望著自己焦黑的掌心，怨怒的情緒高漲起來。

賤貨！居然敢傷我！

盈盈的飄了起來，順著芳香的春風，那銀髮少女張開眼睛，酒紅的眸子望定了她。

「也夠了。劍仙。妳從江北殺到江南，手下死傷無數。這樣還不能解開妳的怨氣嗎？」軟糯的聲音，怯怯的引人愛憐。

妳懂什麼？我的怨氣，要到長江乾涸，黃河轉清……才能洗脫呵！

隨身佩戴的短劍，幻化成十道雪白的霜芒，成就十三娘指端雪白鋒利的利爪，撲向飄然的銀髮少女。

只見銀絲漫天席地而來，緊緊纏繞住十三娘的刀爪，勒住了她的頸子。暴吼一聲，覺得自己的右臉崩壞的越來越厲害，甚至波及到從來不曾毀壞過的左臉。

不~我不要~我不要變成這樣，不要不要不要——

悲慘的哀叫聲，刀爪焚燒了銀絲，筆直的撲向銀髮少女。她只輕巧的消失了影蹤，輕易的，十三娘抓斷了棵桃樹，應聲傾斜了半數的芳香與繽紛。

那一刻，原本面目平和的少女，顯出不忍和哀痛，「妳……不該傷害桃樹……」

掌心現出飛快運轉的光珠，擊在十三娘的身上，有著雷鳴的震動。

可恨……為什麼阻撓我……阻撓我就該死……該死……

該死！

晶光粲然，敏捷的十三娘運起十道劍氣，直逼銀髮少女，只見桃花林中，落英繽紛，雪白的劍氣纏裹著銀白的髮絲，飛快的將桃粉李白的落花，捲成芳香的霧氣，隱遁著激鬥的身影。

日色漸隱，昏黃的月窺看著無聲息的戰鬥。

第一次，遇到這樣棘手的對手，鮮少征戰的銀髮少女，心下怯了幾分。

論法力，隱居在此千年的她，沒有道理不勝這個數十年的冤魂。

但是冤魂顯現出來的決心和氣魄，卻是她遠遠不及的。

將她驅趕出去好了。不想纏鬥下去的銀髮少女皺了皺眉，一揚水袖，挾著馥郁的香氣，將糾纏不休的十三娘驅出結印的桃林。

倏然得到自由的十三娘，氣喘吁吁的，整個臉已經崩壞殆盡了。

不……可恨的女人……我們勝負還沒決定……

但是她聞到女人的脂粉味道，發出怪叫，她撲進宮廷裡，只一瞬就咬斷了宮裝麗人的脖子。

宮裡飄來的血腥氣味，讓銀髮少女怔住了。

天啊……我做了什麼？

只顧著將她驅趕出去，卻讓她輕易的殺人？銀髮少女飄進宮廷中，看著大口啃著屍體的十三娘，因為啃食了年輕女子，她漸漸平靜，臉孔也漸漸恢復生前的樣子。

「妳吃再多的人，也不能讓妳腐敗的靈魂恢復。這一切都是暫時的……」為了無辜死去的人，銀髮少女流下了眼淚。

「妳懂什麼？看，我漸漸恢復了。」十三娘在鏡子前顧盼著，「哼……現在我可以輕易的打敗妳……妳這個阻撓我的賤貨！」

「吃死人就可以讓妳恢復？妳已經死了，這種恢復只是妳記憶的滿足而已。妳的怨怒如果沒有消失，妳的靈魂還是會繼續腐敗。吃人只是讓妳的心裡平靜，如果妳心裡能平靜，就算不吃人也不會崩壞的……」

「囉唆。」臉上身上染著血的十三娘說，「囉唆。」

她提起身邊的短劍，就要砍下去……卻被擋住了。

空氣打著旋，漸漸光滑的像鏡子，映出十三娘的容顏。漸漸的改變，改變成死前最眷念的人。

師父。

為什麼殺我？師父？

睜開眼睛看著她，師父的笑容帶著愁。

「不能放著妳一個人，也不能讓妳去禍害世間。愛著妳的，十三娘……不管妳是不是妖女……」

騙人的……這些都是騙術！

她打破光鏡，讓守在光鏡那端的銀髮少女，電擊。

漸漸的，殞落。

聽到自己倒地時，那聲沉重的聲音。

又……死了嗎？為什麼……不能繼續存在下去？我只能用存在下去抗議這個世界

啊——

她的眼淚緩緩的滲出來。

一直以為，因為出生的時刻被詛咒。可是在死後浪遊的時光，意外的發現了真相。

真正的永生公主，在一出生後就被送到遙遠的東北撫養，她，十三娘，是貧苦農家購買來的女嬰，拿來頂替隨時會死的永生公主。

為了取信他人，她被托養到長安樂坊，成為歌舞伎。

所以官兵會屠殺整個長安樂坊，就是想要殺死假的永生公主，好昭告世人……

禍源已然消除。

禍源……為什麼？我不是禍源！我要吃掉永生公主！

但是她找到永生公主時，發現永生已經以遠親的身分，嫁給親王，回到宮闕中。

懷著厭惡和奇異的情感，看著不能相認的皇后不住的哭泣。

「那可惡的禿驢！慈東……誣陷我兒是禍國的妖女……他只是想讓皇子當不上太子而已……妖女的哥哥怎可當太子？就為這可笑的緣由，害我母女不得相認，險些皇太子也不保……」

這一切……都是……宮廷鬥爭的結果?!

她愣愣的飛進鎮國寺，掐住慈東法師的頸項，問。

魂飛魄散的慈東，回答了她的疑惑後，十三娘吃了頭一個男人。

不。誰都想要我死。我偏偏要存在下去。要愚昧的世人付出慘痛的代價！我就是要存在下去！

「郡主？」土地神看著倒在地上的厲鬼，不懂銀髮郡主為何不結束掉她罪惡的一生。

只見銀髮的郡主頰上行著緩緩的淚，將滿身血污的十三娘收進封丸中。

「郡主，三思哪。這劍仙法力高深，若再加幾年道行，將來破了封印，誰也制她不住哪……」土地神勸著。

她淒然一笑。

「劍仙，聽得見我叫妳嗎？」

微弱的，回應。

「要殺便殺……」

不，我不是要殺妳。郡主將封丸按進前胸，隱沒進體內。通透未曾犯過罪的郡主，因為封丸的惡氣，一瞬間，郡主全身都發了墨黑。

雖然只是一瞬間，但也看得土地神心驚膽戰。

「郡主～」這平白喪失了一半的修行！

連十三娘都愣住了。

「休息吧。妳的罪孽，我們共同承擔下去。是的，為什麼不能繼續存在下去呢？我們不是為了這樣的死亡而出生的……」

只能用存在下去抗議而已。

在黯沉的潛意識裡，用胎兒的姿勢漂浮著。十三娘流的眼淚，很快就消逝在無盡安全的黑暗中。

靜靜的睡去。因為可以繼續存在，因為郡主的溫柔，安靜的睡去。

若不是郡主慘酷的死亡，她是不會醒過來的。

靈體不停的流失，將她原本安全的黑暗打破，只見郡主不斷的不斷的崩壞。

剛清醒的她，不知道發生了什麼事情，只對著這個不斷崩潰的靈體眷念不已。

不行。郡主。妳不是說，要和我一起存在下去嗎？怎可一個人逃走？她將自己的靈體延伸，纏繞住郡主崩壞的傷口。

「妳是誰？」失去大半靈體的郡主，也失去了大半的記憶。

「我？」我是誰呢？沉眠這麼久，連自己的名字都幾乎遺忘，「我是依附著妳的，死於唐時的可憐冤魂而已。」

「唐時？」

「若是妳要這樣叫我，那也可以。郡主。」

「郡主？我？我不是謝芳菲嗎？」慌亂的想要憶往。

「都可以。郡主，都可以。我們有很長的時光可以回想……」

一起存在下去……一起……

在人類的死嬰中復活，不停的轉世。

用存在抗議這個世界。

她微笑著，悄悄的睡去。貼近心臟，潺潺。

楔子　妖魔的夜宴

人造的童稚妖魔歡笑著，奮力的從凌虐她們的男人身體裡，

抓挖出死人或半死人的內臟，拋擲。

在這個，殘忍又可悲的妖魔夜宴。

引導人默默的打開病房的門，那對夫妻靜靜的坐在初夏的涼爽晨風中。妻子坐在病床上，垂下來的頭髮遮掩了她的神情。丈夫看著他的妻。走近一點，才發現，丈夫空洞的眼神早穿透妻子，茫然的沒有焦距。

芳菲走近那位婦人，發現她手上抱著一個透明的玻璃罐，細細長長的罐子裡，雪白的粉末。她突然有點暈眩。難怪最潔白的瓷器往往需要燃燒後的祭品。

骨瓷……原來骨灰真的是這樣的純白。

她緊緊抱住的，是殘留的，死去近兩個月的女兒的灰燼。而她的女兒，也以一種半腐敗的膠質，依附在母親的背上，露出半張有蛆在啃食的臉孔，死魚般的眼睛，望得令人發寒。

死於非命的冤魂啊……妳快將生母的精氣啖食殆盡了。芳菲深深的憐憫起來。

將手伸向她，原本呆滯的母親，卻抬頭露出凶光，化為厲鬼的小女孩，也低低咆哮著，森然的白牙。

她縮回手，表情酸楚而不忍。跟著也坐下來，靜靜的，在沉默外還是沉默，軟弱的晨光緩緩流動的病房中。

就著晨光，她取出竹簡，用著幾不可辨的古音，唱著。軟而柔糯的聲音，細細的繚繞著，從時光中緩緩回流的回憶，回憶的安魂曲。

是的，安魂曲。那男子震動了一下。

這歌……我是聽過的。他模模糊糊的想著。是了，抱過出世沒幾個小時的女兒時，心裡滑動過的，就是這種聲音。

當小小柔軟的女兒，睡成一個沒有翅膀的天使時，浮動在空氣中的，也是這樣模糊安詳的聲音。

看著她翻身，看著她學走路。看著她破涕而笑的容顏，看著她用粉嫩的小手臂，緊緊抱住自己頸項的小臉，這樣的感動，沒有須臾或離。

看著她，從蠕蠕而動的小爬蟲類，慢慢長大，慢慢的長出烏黑的長髮，慢慢的有著稚嫩的溫柔和稚嫩的嬌柔，看著她穿上幼兒園的圍兜，看著她穿上白衣藍裙的小學制服。

「爸爸，你看我，你看我的衣服！你看我的書包！」小小的臉孔洋溢著興奮，戴著黃色的帽子，笑顏如花。

他趴在膝上的成長日記大慟。

我的女兒，我嬌貴的女孩子……自從出生以來，每年生日都小心的留下她的手印。這樣的愛她……希望留下二十個手印後，才放心讓她面對世界……

為什麼……第十個手印後，就成為絕響？

他無法忘記，失去她蹤影的那個傍晚。從心底深處冒出來的苦楚與飢餓，恐懼的飢餓。

她在哪?我的小女兒呢?為什麼那麼多的小女孩在放學……當中沒有我女兒的蹤影?

多少日的煎熬……多少夜張惶的惡夢……他沒有真正入眠過,伴著接近崩潰的妻子。

還給我。把我的女兒還給我。他日日夜夜在內心淒厲的呼號,把我的女兒還給我……

一年後,他們還了具屍體給他。

烈日下,屍體開始發出腐臭的味道,赤裸的屍身草草的掩埋在山區。死亡已經超過四十八個小時。

那張腫脹的、可怕的臉是我的女兒嗎?身上的瘀痕毒打是怎麼回事?她的腳為何彎成這樣不自然的形狀?斷了?你說生前就兩腿骨折是啥屁話?我天使一樣的女兒不會有人想傷害的。

翻開她的手掌,他暈眩了。

長而有力的生命線,蜿蜒到手腕,他一直最喜歡看的小手。

不——

淒厲的吼聲，割裂了寂靜的病房，自從發現女兒屍身後，不曾開口過的父親，終於發出可怖淒厲的咆哮，迸流出過度痛苦，積淤住的眼淚。

那是誰的聲音呢？悲痛莫名的父親，聽著自己野獸受傷似的哀號，心裡迷糊起來。

這是真的嗎？我的小女兒這樣痛苦的死去了？

那是誰的哭聲呢？除了我可怕的哭聲外，還有誰理解我的痛苦呢？

他的妻子，眼淚鼻涕口水都不能控制，淋漓著扭曲的臉，抱著女兒的骨灰罐子，對著他痛哭。將罐子朝著軟弱的太陽，悲鳴的看著雪白的灰燼。

小小的冤魂，聽著父母悲嘶的哭聲，死魚似的眼睛，漸漸流出血水。在迷離的安魂曲中，漸漸剝離母親的身體。

到我這兒來。芳菲將手伸向她。半腐爛的身體，即使死去了，仍帶著記憶的惡臭。她遲疑的投進芳菲的懷抱。

妳的肉體已經不在了……已經沒有讓妳痛苦的來源了……芳菲將手覆在她的小臉上，再拿開時，臉孔恢復成生前的模樣，帶著一絲倉皇。

在震天的哭聲中，軟弱的晨光，依舊緩緩的川流在潔白的病房中。

*　　　*　　　*

為何又想起那對夫婦？事情過去了兩個多月了。

那對夫婦將哀傷釋放後，大約比較能面對未來的人生。小小的冤魂也跟她回到家裡，時候一到，就能離開這個殘酷的人世。

剩下的是心理醫生和警察的工作了。

意外的，她的母親居然來訪。

「謝小姐，聽說，妳不只是袪魔除怪而已。」

她心下有數，「警察已經在調查了。」

那母親搖搖頭，「沒用的。」她將一張光碟輕輕放在桌上。

「請妳看完這張光碟再回答……我願意放棄一切財產，包括我的生命在內。」她的眼神，分外的冷靜，「只要凶手伏誅。」

「我們在這片光碟裡，發現小女的下落……也許我們查的太緊了……所以小女遭了毒手……」她低頭，下巴不住的顫抖，想要說話，發現聲音破碎，宛如喉頭被淚灼傷。

「對不起……」

幾乎是奪門而出。

芳菲注視著這張光碟，許久許久。普通的片子，卻有著不祥的氣味。

她看了。

看完以後，到廁所嘔吐不已。

看見那個小女孩被當成性玩具，任憑一群野獸在她的身上肆虐。淒厲的哭聲，無助的嘶喊。被強暴，被毆打，被慘無人道的對待。細緻的肌膚上交錯著新舊的鞭痕刀傷，翻起新長的皮膚，發著玫瑰的紅。

看見她哭著在地上爬，哭著喊媽媽和爸爸。聲音是嘶啞的，她嘔吐的表情，被拍成極大的特寫。被邪惡嗆咳得幾乎窒息，嘔吐出許多清水，當中夾雜著血絲。

她的父母用什麼樣的心情看著這片光碟？

她用什麼樣的痛苦，熬過她失蹤的這一年？

帶著不甘心的怨恨，死在這種無止盡的狂怒和屈辱之中。

那麼多的小孩……那麼多……

其他的小孩有著同樣痛苦的表情，有著同樣無語的茫然。

這些孩子……這些孩子……

一瞬間，芳菲聽見了一聲慘叫。

那是許多冤魂生靈，死前或瀕死前的慘叫，透過這片罪惡的光碟，向看著的人，發出譴責的怒吼。

「你們都是共犯啊——」

她哭倒在浴室中，讓洶湧的負面情緒擊倒，感同身受的痛苦，令她蜷縮成一團。

「芳菲。他們是我的。」唐時興奮祈求的聲音，穿過沉默的潛意識。

片刻，她抬起滿是淚痕的臉，豔笑著，拭去臉上奔流的悲痛。

唐時甦醒。接掌了身體的主導權，芳菲懷著戰慄的惡夢，淺淺的睡眠。

他拿著攝影機，俯瞰著痛暈過去的小女孩，失禁的尿水流了一地。透過攝影機的小窗，看著可愛的小臉扭曲成這樣，他射了。

白濁的邪惡噴在沒有動靜的女體身上，那是乾淨的沒有一點毛髮的女體。胸部剛剛有一點點隆起，上面佈滿紫黑的瘀痕。

她幾歲了？其實他不關心。這是他在街上抓來的獵物，所有權當屬他所有。這些小女孩……生來就是要取悅他的。他只是慷慨的，把她們借給別人分享，然後相對的收一點租金罷了。

拍下她們爽翻了的樣子，賺來的錢可以付她們的伙食費。當然，會賣得那麼好，他也很訝異，至於賺到好幾棟房子和賓士，不過是無心插柳的結果。

女人都一樣。不管多麼小的女人都一樣。只要插進去就會濕，看她們痛得要命的樣子，其實爽死了。

賤貨。

* * *

不過他是很寶愛這群賤貨的。所以不會刻意弄死她們。偶而會因為太過興奮而弄死一兩個，那也是因為她們的表情越痛苦，越能帶給他快感。除了那一個外，他不會故意殺掉自己的女奴。

連折斷她的雙腿也不是故意的。只不過他實在太太激動了，才會打斷她的腿。她的哭叫聲最得他的喜愛，往往能讓他射好幾次，埋掉她的時候，實在很遺憾。

誰讓她的老頭追查的這麼緊？只好把她處理掉。

想到她……他又硬了。

他叫了個手下過來，幫他拿好攝影機，他將昏過去的小女孩的大腿抓起來，腰不點地的插進去。小女孩只軟弱的反抗了一下，連淚水都只剩一點點的緩緩滲出眼眶。

今天剛開工，手下們興致正高。為了風聲鶴唳的追查，已經停工很久了。所以今天的出手都特別重，許久不曾受到這種特別「疼愛」的「玩具」的反應，更讓他們興奮。

他大動了兩下，突然聽到清脆的鈴鐺聲。

是誰？他最討厭鈴鐺的聲音。

在這片凌亂的場景中，看見穿著潔白的衣衫，盈盈笑意的女子，手裡長長的鏈尾，串著悅耳的鈴鐺。真是突兀。

他和手下面面相覷。這麼隱密的地點，怎會有陌生的女人出現？他有些不悅，而手下飛撲了上去。

慘叫。倒地扭曲的男人，摀著的右眼瞳孔，端正的插著寸許長的銀針。

他們的怒氣高張，繼之以無邊的恐懼。行去如風的美豔獵人，穿著學生制服似的白衣藍裙。瞳仁濺了一絲血光，明亮的閃動著。

悅耳的鈴聲閃過，便聽得一聲慘叫。鈴鐺下有著寸許長的銀色小刀，隨著每一次的慘叫，銀白中滲入了鮮豔的亮紅色。

爭先恐後的逃向門口，發現鐵門已鎖死。當初自豪不會讓任何玩具脫逃得了的堅固，成了自殺式的牢籠。

他的恐懼漸漸生出怒氣來。怎麼？我會怕她這樣一個小女人？要玩刀子？他抽出自己的刀。那是一把好用的匕首。劃開了很多女孩的咽喉。

他暴吼著，看準了鐵鍊的動向，精準的抓住細細的鐵鍊，銀質小刀無情的刺進他的左腕，他忍住痛，將匕首刺向女子豐飽的左乳，準備順著刀勢上挑，可以劃開她精緻的頸項。

劇痛從左眼衝進大腦的痛感中樞，讓他手裡的匕首匡啷掉在地上。那女子欣賞又激昂的表情，是那麼的狂喜，像是他痛苦的呼號和無助的痙攣，能帶給她無窮的喜悅一樣。

她左手何時多了那把兩尺長的劍呢？命中他的瞳孔，因為他的痛苦呻吟，順手剜出他的左眼。霎那間，天地歪斜的只剩一半的光明。

她的神情……那麼的熟悉……他在昏厥前，恐怖的回憶著。

對了。那是他的玩具的瞳孔中，常常倒映出來的，他的狂喜。

等他甦醒後，他寧可在剛剛的昏厥中死去。

他的手下淒厲的哀號著，雙手反縛綁在柱腳。陽具被粗大的銀針貫穿，掛在天花板上的鐵環，那是他們拿來吊起小女孩凌虐用的。

現在達成了他們的願望，永恆的勃起，以及凌虐的快感。

那群原本遠遠站著的小孩子們，慢慢走過來，露出許久不曾有的天真笑容。

他則被四肢朝下的綁在木馬上，脖子被粗礪的麻繩套著，幾乎磨出血來。不能抬頭，所以看不見四周。只能聽到哀號，聽到求饒和銀鈴似的笑聲交錯。

淒慘的大叫此起彼落，他心裡的寒意漸生。殺過人的他知道，那是什麼聲音。瀕死。接下來是氣管喀喀的氣體溢出，最後就沒了聲響。

求饒和哭泣的聲音隨著瀕死的呼喊漸低，乃至平息。他在冒著冷汗……生平第一次在發抖。

他只見亮晃晃的刀子斬落，大叫一聲，卻覺得頸項的壓力輕了。

他抬頭，看見被綁在柱腳的手下們，暴突著雙眼，慘死。他的玩具們歡笑著，奮力的從淩虐她們的男人身體裡，抓挖出死人或半死人的內臟，拋擲。

有的死人內腔，只剩黑黝黝的空洞而已。他顫抖的整隻木馬都發出聲音。

溫熱的液體滴在他的額上，往上看，那女子手裡拿著血淋淋的心臟，笑吟吟的看著他。

「我以為，你們的心是黑色的，結果不是呢。」

在他面前捏碎，破碎的內臟混著血打在他空洞的左眼眶。

他大叫，在縛綁著他的木馬上拚命掙扎，在他的腦海中，不停的翻滾著，過去在這個刑具上哭泣掙扎過的女孩子，甚至死在這種殘忍的性遊戲上。

「我叫……唐時。你在地獄裡，可以控告這個名字。」她在他的面前舉起燒紅的鐵棒，嗤嗤的發出響聲。

「不──妳憑什麼審判我……妳憑什麼可以對我這麼做──」他聲嘶力竭的大叫。

「憑什麼？」唐時輕笑著，「因為這麼做，會讓我高興呀。」火紅的鐵棒衝進他的肛門，貫穿直腸，強烈的燒傷居然使恐懼痛苦到極點的他，射出了痛苦的激情。

「你為什麼要這樣──你憑什麼對我這樣──」那個倔強的小女孩，在被打斷雙腿的劇痛中，不忘這樣淒厲的控訴。

「因為我高興，因為會讓我高興。」他一面強暴著她，一面這樣回答。

他剩下的那隻眼翻白，卻想起那個女孩臨死前怨恨的臉。

鈴鐺又響起了。所有的小孩子聚集到他的身邊，當中居然有些是死去的亡靈。撲上來撕抓著，抓下來的肉條往嘴裡送。

他失去了喊叫的能力，因為他的喉嚨被淘空了。可是直到他的大腦被吞噬的前一刻，他的意識，還是清明的可以感受到每一絲痛苦。

*　*　*

芳菲從長長的，沒有意識的睡眠中醒來。肉體和心靈雙重的昏倦。

撿起塞在門縫的晚報，只有社會版小小的刊登了地下光碟錄製工廠失火的消息，十一人喪生。另一角，失蹤兒童被尋獲，失去過去所有的記憶。

看似不相關的新聞，底下的醜惡，沒有人看見。

唐時完成了殺戮的使命，復沉睡於潛意識中，芳菲看著滿地血腥和木然的像沒有生命跡象的小少女，只有痲痹的疲倦。

就算把她們的記憶都清洗又如何？那些小孩的眼神是呆滯的。她們終生……都不再相信男性了。

她將堆積如山的光碟點火的那一刻，罪惡的氣味飄散。跪倒在火堆旁痛哭，亡魂生靈的苦痛，循環的哀鳴。

我們……都是共犯。看著這種光碟的霎那間，我們就已經是共犯了。無助於她們的哀號，用她們的痛苦，刺激你我的感官。

在無力的夕陽下痛哭。血色的夕光緩緩無力的在地板上爬行。

夜，來了。

在這夜裡，還有什麼樣的罪孽……在不祥的光碟中，一遍又一遍的重複她們的苦痛？

這會變成她，永遠醒不過來的惡夢。

*　*　*

按亮了燈，引導人憂鬱的看著在黑暗中呆滯的她。

「唐時？還是……」雖然是幽冥掮客，他依舊非常害怕那個劍俠的幽魂，他衷心希望現在清醒的是柔弱憂傷的她，「芳菲？」

「你找她做什麼？」黑暗中的她有著冷漠殘酷的面容，「她睡了。以後這種案子別找她。你明知道她會哭得很慘很慘。」

引導人害怕的後退一步，緊緊靠著牆。肩膀的傷口早就痊癒了，但是他沒忘過唐時的招呼。一道寬闊的，從左肩到右脅，幾乎讓他喪命的巨大傷口。

這個時候，痊癒的傷口隱隱作痛。恐懼的疼痛。

「……我只是請她鎮魂。」他戰慄得每根寒毛都豎立了。

「我知道。」她嬌脆的聲音宛如千年玄冰，「所以饒了你，滾罷。」

引導人連滾帶爬的離開了黝暗的房間，擦了擦額上的冷汗。

命還是比較要緊。案子？案子等芳菲去上學的時候，隨時可以交給她，用不著現在硬拿命去拚。

雖然說，他幫芳菲接案子已經很多年了，名義上也是芳菲的哥哥。但是他非常明白，這個降生在他家裡的女孩子，根本不是他父母親的女兒。

他的妹妹出生時就已經死了。醫生遺憾的告訴他的父母親……但是兩個小時後，卻又倉皇的跑回來，說女嬰又有了呼吸。

他的父母親，還有他，看著死而復生的女嬰，只覺得心裡一陣陣的發寒。

她的眼睛是睜開的。既不哭也不鬧，冷靜的望著他們……一雙深酒紅的眼睛。

媽媽回去以後哭了好幾天，每晚做著惡夢。即使隨著時日過去，女嬰的瞳孔變得烏黑，和常人無異，媽媽還是沒有勇氣去擁抱自己的女兒。他的「妹妹」因此在醫院住了半年。

他的這個「妹妹」雖然出院了，還是將她託給保姆帶，幾乎不曾在家裡住過。最後過繼給毫不知情的叔叔。

他卻記得這個無緣的「妹妹」。因為擁有陰陽眼的他，在那女嬰身上看到兩條影子。兩條冤恨極深的影子。

完全明白，他完全明白。這個叫做謝芳菲的女孩子，並不是別人講的雙重人格。

她只是擁有了兩條古老的魂魄。

父母雙雙在交通意外殞命時，他茫然不知道怎麼辦。他們家族像是被詛咒一樣，幾乎壯年就過世了。舉目無親……他的叔伯姑姑都在這幾年先後過世。

意外的，他的「妹妹」居然來造訪。

「……這是天命，沒辦法。」她依舊是冷靜得幾乎冷漠，「我保不住他們，說不定可以保住你。」

「我？」他慘笑，「我連明天要去哪吃飯都不知道，保什麼命？」父母親居然留下大筆的債務給他，他只能拋棄繼承權。但是拋棄了繼承權，他什麼也沒有。

芳菲沉默了一下，「替我接案子吧。我並非不知感恩圖報之徒。」

那個時候，他剛上高中，而芳菲，剛上國中。他們這對「兄妹」，開始靠「天賦」生存下去。

就這樣，成為台北都城流傳的傳奇之一。

第一話 夜泣

據說，在深夜裡，女人要避免哭泣。
因為女人的哭泣會引來鬼怪，
過度的哭泣，淚盡而繼之以血，
會讓女人變成冥界的橋樑……

這個公寓在頂樓。理論上，台灣這種熱死人的夏天，置於烈陽下無情的曝曬，頂樓公寓可以讓人中暑才對。

但是語煙第一次進入這屋子的時候，只覺得酷暑被逼在大門之外，襲面而來是舒適的清涼。

「有冷氣？」她呆了呆。

「不不，」仲介公司的業務員笑著，「這屋子座北朝南又通風，所以很涼快。上任房客是一群大學男生，一住住了四年整呢。要不是他們畢業了，這房子還空不出來。而且房東很好心，要求的房租特別低，附近生活機能又好……」他遲疑了一下，「小姐，妳真要自己租一整層？會不會太大了點？這裡有四個房間呢。如果妳需要一房一廳的小套房，本公司也有……」

「這裡好。」她的眼睛底下有著疲憊的黑眼圈，一進這屋子，她就覺得很舒服。「我想要自己住。」

仲介若有所思的看了看她。他看得多了，總是有失戀的人急著要搬家，脫離舊環境。但是這樣的人總是容易想不開，萬一出了事，這房子的價值可是會減損不少。

不過，這房子讓他們公司管理不少年了，很多男孩子在這兒成家立業，算是傳說中的「吉宅」。說不定也可以帶給她幸運吧？

「這是半套房。」仲介打開一個大房間，「嘿，別懷疑，真的只有半套。」他打開洗手間的門，只有馬桶和洗手檯，應該是浴缸的位置，卻做了個很大的櫥子。

「這是老公寓了，房東說，這間的排水系統有些問題，所以不能做浴缸。好在外面也有浴室，所以主臥室只有半套。這大概是唯一的瑕疵。」仲介有些歉意的笑笑。

「沒關係，可以洗臉就好。」只有她一個人住，這根本不算瑕疵。

「那我們回公司簽訂契約？」仲介滿高興的，果然是吉宅，馬上又幫他賺了一筆佣金。

但是他卻沒有看到案件資料裡頭的小小備註：「不可單獨租給女性」。

對，她本來就剩下一個人了。再也不需要任何人來打擾她。

她需要一個，可以安靜哭泣的家。她覺得這個家可以讓她盡情的掉眼淚。

十年。一個女人能有幾個十年？她花盡所有的心血和愛情，得到的卻是愛人的一句「對不起」，就把她從兩個人愛的小窩驅逐出去。

搬進來的第一天，她躺在床上不斷的哭，不斷的哭。像是一隻被拋棄的小動物，受傷的啜泣著。

一個禮拜了啊……她已經不斷的哭了一個禮拜。為什麼她還有淚水可以流？嗚咽到深夜，她無精打采的爬起來，到套房的洗手間洗臉，看著鏡底的容顏萎靡，她痛楚的意識到，自己已經三十歲了。

我老了。我老了……我要怎麼重新爬起來？只能在淚眼中坐看紅顏老嗎？潸然的淚水不斷的掉下來，她在淚眼模糊中，開了水龍頭洗臉，抬頭望著鏡子……

她發現自己滿臉是血。

森然的寒意從腳底冒了起來，她尖叫的往後一跳。瞪目看著水龍頭流出來的不是水，而是潺潺的鮮血。

我在做夢。她在心裡小小聲的說。這一定是夢，絕對的。她慢慢的挪到門外，用力的將門關起來，然後逃到客廳發抖。她摸了摸自己的臉，指端的甜腥味告訴她，這是血。

她害怕的衝到電話邊，抓起電話語無倫次的向拋棄她的愛人求救，一如以往的習慣，「邵恩，邵恩！血、我的水龍頭流出來的是血！好可怕……救我、救我！我好怕……」

十年的情誼，即使是狠心的愛人也無法置之不理，邵恩很快的趕到，好言好語安慰她之後，走進洗手間一看，果然水龍頭流出血水。

他仔細檢查一下，放聲大笑。「語煙，妳還是這麼膽小……這是鐵鏽啦！老公寓咩，久了沒有人用，水管生銹啦。妳開久一點就不會啦。妳看，水是不是漸漸清了？妳幾時才要改掉這種膽小的個性啊？」

「你……你還笑我……」她哭了起來，臉孔的血紅被淚水衝開了幾條白淨的痕跡，「我一個人，當然是會怕啊……」

邵恩忍不住抱了抱她，往昔的舊情湧了上來，他當天就在語煙那兒留宿。

在激情纏綿中，他們沒有聽見，這屋子迴盪著細細的哭泣。因為太微細了，聽起來就像是風聲一樣，永遠的被忽略了。

當然，天一亮，無情的愛人還是匆匆的離去了。一夜纏綿並不能代表什麼，更不能改變分手的事實。

她起床發呆，深深的為自己的軟弱悲哀。

愣愣的坐著掉淚，她無精打采的起床，卻聽到一聲悠長而悽楚的呻吟（或嗚咽），從她套房的洗手間傳了出來。

她深深的感到背脊涼了起來。

她僵住了好一會兒，看著木質地板上歡欣閃爍的陽光，白天呢，而且是非常美好的夏日早晨。即使這樣悽苦的心情，她不得不承認，這美麗的清晨依舊讓人感到慰藉。

大白天的，不可能有什麼靈異出現在她的洗手間。

乍著膽子，她推開洗手間的門……

一切都很正常。洗手間的小窗跳躍著相同閃爍金光，整個洗手間顯得清潔而乾淨。是風？或許小天窗沒關牢。

她想把小天窗關上，卻被龐大的櫃子擋住。搬了張椅子，她吃力的爬上去想把天窗關上，省得老是自己嚇自己……

她瞥見櫃頂貼了張髒兮兮的黃紙。不知道積了多久的灰塵，上面還佈滿蜘蛛絲。揭下來看看吧？她湧起了奇怪的念頭。

揭下來看看吧，難道妳不好奇這是什麼嗎？

向來愛潔的她，像是被催眠似的揭下了那張黃紙。等她看清楚手裡的黃紙龍飛鳳舞著看不懂的字時……她很本能的知道，這是張符。符紙被她揭破時……整個屋子突然宛如死亡般冷寂。什麼聲音，都沒有。

但是這樣冰冷的沉寂只有一秒鐘，緊接著淒厲的慘叫撼動了洗手間的櫃子，幾乎要將她的耳膜撕裂。無數銀白色的絲線突然衝了過來，緊緊的纏住了她，她從椅子上摔了下來，完全被恐懼痲痹了。

她被無數銀白絲線拖進櫃子裡。

* * *

每天晚上十二點以後，邵恩會接到語煙的電話。她總是哭泣著，說新家很詭異，她很害怕等等……他在接到電話之前都發誓絕對不接，也絕對不會再去語煙那兒，但是十二點一過，他會像是著了魔一樣，愣著眼睛去接電話，然後沉默的穿好衣服，走出家門。

和他住在一起的女友珮兒真的受不了了。

「當初你不該告訴我，你已經分手了。」這個急躁爽朗又獨立的女孩子叉著手，看著坐在玄關穿鞋子的男朋友，「如果我知道你還沒分手，絕對不會讓你腳踏兩條船的！

你既然選擇和我在一起，這樣每天去她那兒是什麼意思？你今天最好說清楚，到底打算怎麼樣？」

「她要我去，她怕。」邵恩的聲音顯得冷漠。

珮兒氣得連話都說不出口，突然覺得很絕望。「……那你去了就別回來好了。既然這麼捨不得，何必跟她分手？若是你怕我糾纏，那你大可放一百二十個心！我朱珮兒從來不回頭！」

邵恩穿好了鞋，卻坐在玄關不動，不說話，也不轉過頭來。

「說話啊！周邵恩！」邵恩的毫無反應更讓她火大，「我們分一分算了，大家皆大歡喜，如何？我不要在別的女人床上過夜的男朋友！」

她在邵恩背上一推，卻像是徒手觸摸滾燙的排氣管。她緊急縮手，覺得手上一陣陣的刺痛。高大英挺的邵恩全身肌肉緊繃，還有一點點抽搐。

「我得走了。」他有些駝背的站起來，「她要我去……」

「……邵恩，你是不是在發燒？」珮兒全身的寒毛都站了起來，但是她不知道為什麼。馬上忘記要跟他分手的話，她拉住邵恩的胳臂，卻覺得手掌痛得不得了。這是很詭異的感覺……

像是很多又冰冷又滾燙的絲線，非常非常的細，卻沾在邵恩的手臂上。

她還搞不清楚到底是什麼，卻被邵恩用力一甩，差點撞上牆壁。「……你！」

邵恩僵硬的往門口走去。每一步都很緩慢，頭也沒回的開了門……直到走出家門的那一步，他回頭了。

「……救救我……」他的聲音沙啞微弱，但是微偏的頭像是被無形的力量硬拖出去，他衝出了家門。

「邵恩？邵恩！」珮兒忘記了害怕和憤怒，衝了出去。一條像是白蛇似的「東西」飛撲到她的門面，讓她感到無比寒冷和滾燙。她伸手去擋，只覺得劇痛順著手腕纏將上來，她只來得及發出一聲尖叫，就昏倒在地。

等她醒來時，溫暖的晨光照在她的右手，她的右肩以下卻一點感覺也沒有。

怎麼會這樣？她的右手還是可以持物，但是卻像是戴了厚厚的白手套，失去了觸感。

說沒有感覺是不對的……她感到非常冷，冰冷的像是被灼傷一樣。

蹣跚的回到臥室，她的男朋友筋疲力盡的俯臥在床上，將臉埋在枕頭裡沉睡。光裸的背上，有著無數爪痕。讓她發軟的是，那些翻捲起新肉的傷口，冉冉的飄著凍結的寒氣，傷口的邊緣沾滿了白霜。

她幾乎是逃出家門的。坐在陽光下，她發抖了很久很久。

她很怕，非常非常害怕。但是再怎麼怕，也不能把邵恩一個人擺在家裡。終究她還是回到家裡來，邵恩依舊俯睡著，但是背上的傷痕像是變魔術一樣平復了。

剛剛是她眼花？

她覺得很倦，肩膀的冰冷沉重讓她倦得不得了。她坐在邵恩身邊，害怕的感覺漸漸消失，甚至她忘記了肩膀以下失去觸覺。

發呆了一會兒，邵恩醒了，他渴睡的臉孔看起來很脆弱，也很憔悴。「……我愛的是妳，珮兒。或許我還同情她，或許我會不忍心……但是我……」

這不是重點。珮兒有些暴躁的想，這些不是重點。她覺得有比這更嚴重的事情要告訴他，但是怎麼想都想不起來。

「你臉色很差。」她勉強想起來的只有這一點：邵恩一天比一天憔悴了。

「……睡眠不足吧。」邵恩有些心虛。他其實也遺忘了一些很重要的關鍵，他只記得去了語煙家……然後呢？他迷糊起來，他和語煙說了什麼，做了什麼？

腦海中只有霧樣的茫然迷霧。

「我不會再去了。」他看著珮兒的委靡，狠下了心。「我把手機號碼換掉。」

珮兒短短的笑了一下，倦意不斷的襲上來。不是睏，而是倦，非常非常倦。「換掉比較好。邵恩……」她不知道為什麼掉下眼淚，「其實分手也沒關係，我比較希望你好好的。」

向來倔強的她居然哭了，邵恩慌了起來，「不不，我不要跟妳分手！當初騙妳是我不對……但我是真的愛妳的……」他也跟著哭了起來。

災禍的影子在頭頂不住的盤旋，他們不知道為什麼這樣驚慌失措，但是莫名的恐懼緊緊的掐住了他們的心。

可怕的不是恐懼本身，而是他們再也想不起來為何恐懼。

＊　＊　＊

換掉了手機，的確安靜了幾天。雖然邵恩還是一天比一天憔悴，但是精神好了許多。他照樣送珮兒上下班，作息也一如往常。

但是珮兒還是很不安。她屬於比較敏感的人，會莫名的避開一些讓她覺得不舒服的路段或建築。事實證明，往往可以躲開車禍或火災，她歸功於自己是個「強運」的人，並不去想太多。

這一次，她覺得自己的運氣似乎用盡了。站在大樓前面等待邵恩來接她，望著來來往往的人潮，如此熱鬧繁華的台北街頭……她卻覺得這樣孤單、寒冷。

邵恩為什麼還不來？她焦躁的看著錶，心裡漾著各式各樣不好的想像。

「小姐。」一個陌生的聲音讓她驚跳了。夕陽餘暉中，這個濃眉大眼，看起來像是學生的青年，滿臉憂鬱的看著她。

她說不出為什麼，朝後退了一步。

這個人……這個看起來普通的青年，像是裹著無形的煙霧，冉冉著扭曲街道的景物，糾纏著不祥的因果。

青年像是訝異了一下，定睛看了看她。「……真不好。這麼稀薄的天賦……」他不動聲色的拂了拂珮兒的肩膀，珮兒想躲開，卻不知道為什麼定住不動。

巨大的冰冷壓力消失了。驟然覺得肩膀一輕，原本麻木宛如凍傷的手臂，突然有了觸覺，感覺到晚風的波動。

「……那到底是什麼？」她問了自己也沒有頭緒的問題。

「妳說呢？」青年反問她，「就當作沒有什麼吧。」他掏出一張名片，「如果從此沒有什麼，那真的是運氣好。但若還有什麼，打電話給我吧。當然，我們收費並不便宜。」

珮兒狐疑的接過來一看；「引導人　謝沈音」後面是電話。很簡單的名片。

「引導人？」她笑了，「我不信教。」該不會是什麼新興宗教的把戲吧？

「真剛好，我也不信。」沈音彎了彎嘴角，「神者而無明，祈禱是沒有用處的。」

他轉頭離去，「收好名片，最好是用不上吧。」

珮兒笑著搖搖頭，將名片順手收入皮包裡，邵恩已經來接她了。

這個都城，每一天都有人推銷保養品、拉保險、強迫學英文，各式各樣的廣告充塞，這只是一個邂逅，和某個奇怪的新興宗教推銷員談了幾句話而已，她很快就忘記了。

她比較關心憔悴的男朋友，和他們的生活。「明天去看看醫生吧。」她坐進車子裡，「你的臉色真的很差。」

「最近工作太累了嘛。」邵恩笑著，掩飾不住眼睛底下的黑眼圈，「我們去吃飯，吃好一些，補一補。」

其實，她希望的也只是這樣平淡的生活。平淡，但是每一天都很平安。

吃過了飯，兩個人說說笑笑的回到他們溫暖的小窩。這是個只有一房一廳、樓中樓的套房。小到沒有浴缸，常常笑說浴室只有火柴盒大小，廚房也只有個水槽，塞了冰箱，連切菜的地方都沒有。

只要兩個人能夠守在一起，這樣也就足夠了。

一踏入家門，邵恩的手機就響了。

「欸？」邵恩覺得很奇怪，「我剛換了手機號碼，除了妳以外，還沒有人知道呢。珮兒，妳是不是壓到手機的自動撥號了？」

「沒有呀。」珮兒把手機拿出來，「我的手機鎖住鍵盤了。」

「會是誰……」邵恩咕噥著，拿出手機，臉孔變得慘白。

來電顯示閃著：「語煙」。

「……不可能！這是不可能的！」他將手機摔在沙發上，「我沒告訴她這個手機號碼！」

手機不斷的響著，「語煙」這兩個字不斷的在螢幕上閃動。就這樣不停的響下去，珮兒也覺得不對勁了。

為什麼沒有進入語音信箱呢？如果沒有接手機，不是會自動進入語音信箱嗎？她撿起響個不停的手機，按下了中斷鍵。但是手機還是固執的響個不停。

冷。空間似乎充滿了濃稠的寒意。他們兩個人在夏天的夜裡，口裡卻不斷的呼出白氣。

「我來跟她講，不要再打來了……」忍受不了的邵恩想拿過手機，珮兒神經質的大叫，「不！不要！」

她幾乎是本能的，用力拆掉手機的電池。但是那隻發狂的手機居然還是哀鳴不已。

珮兒忍不住恐怖的大叫，將手機往牆上一摔，登時四分五裂，終於不再響了。

他們兩個人臉色發白的面面相覷，雙手緊握，發現對方手底都是汗。

窒息般的寂靜充滿整個房間，只聽得到自己的心跳聲。緊接著，他們家的室內電話響了起來，液晶螢幕上面閃爍著令人發寒的兩個字：「語煙」。

「這是怎麼回事？這到底是怎麼回事？」珮兒潸然淚下，她衝過去拔掉電話插頭，但是電話還是不斷的響著，她抓起電話摔出窗外，全身顫抖得不可抑止。

幾秒鐘的寂靜，接著居然是對講機響了起來。

「不要不要不要！」摀著耳朵，珮兒大叫，「不要接！不要接！這太奇怪了，不要！」

隨著她的尖叫，整個屋子震動的共鳴了。他們小小的浴室起了陣陣更淒慘的哭嚎，沒人碰的水龍頭突然嘩啦的開啟，從水龍頭裡流出豔紅的鮮血，瞬間就流到客廳。

邵恩粗喘著，拉著尖叫不已的珮兒想要衝出大門，不小心碰掉了對講機。

「邵恩……」語煙哽咽的聲音從話筒裡斷斷續續的傳出來，「我好冷，好害怕……你快來……」

他的眼睛都直了，鬆開了珮兒的手。「我……我就來。我這就來了……」他僵硬的走出大門，珮兒追了出去，卻沒了他的蹤影。

她只覺得天旋地轉，無盡的冷籠罩過來，雙腿再也撐不住的軟癱，她昏倒在管理室裡頭。

慌張的管理員將她救醒，她只是不斷的顫抖，臉孔慘白。破破碎碎的敘說著可怕的經歷，滿臉滄桑的管理員並沒有嘲笑她，反而慎重的點了點頭。

「城市大了，什麼事兒都有。」年老的管理員將她扶起，「朱小姐，我陪妳回家看看？真的需要『處理』的話，我也是有門路的。」

「我不敢回去。」她虛弱的說了一聲，無助的哭了起來。

「別怕，我跟妳一起回去。」管理員將泛黃的佛珠套在她手腕上，「真的有什麼就要處理，擺著不會自己好的。」

她畏縮的跟著管理員進去，屋子裡的血水消失的乾乾淨淨，只有碎裂的手機靜靜的躺在地上。

難道……一切都只是幻覺？

她打開浴室的燈，乾乾淨淨的，什麼都沒有。

「我沒有騙人……」她虛弱的癱坐下來，「我真的……」難道我發瘋了？

老管理員裡外看看，「我相信妳沒有騙人。」他皈依佛教很多年，雖然只是吃齋念佛，並沒有什麼真正的修行，但是他當了這些年的管理員，什麼奇怪事情都看過，早就知道這世界並不如表面看起來這樣。

這屋子太冷了。夏天沒有開冷氣的夜晚，這屋子的溫度太不尋常。

「妳要不要找個人來處理看看？」管理員試探的問，「我認識一個姓謝的小夥子，對這種事情算很拿手。」他掏出一張邊緣有點磨損的名片，「妳把電話號碼抄下來，真的遇到怪事就找他。我也只有這張名片……還得還我。」

她六神無主的看了看，覺得這張簡單的名片很熟悉……「我也有一張。」

管理員訝異了，神情越發凝重。「朱小姐，若是妳遇到了小謝，那事情大概真的很嚴重了。妳可以不要相信，但是遇到事情一定要打給他，好嗎？」

她擦了擦眼淚，「嗯，我會的。」

看看沒有任何異狀，她客氣的送走了管理員。坐在小客廳裡發呆，一點點異聲都可以讓她驚跳。

說不定是神棍，或者是詐騙集團的人……她拿起自己手機時，覺得自己很荒謬。但是她是這樣的害怕，無助。她不能離開……不知道為什麼，她有種奇怪的預感，若是她就這樣逃走了，邵恩可能永遠回不來。

難以解釋的，她撥了名片上的電話。「喂，謝先生？」

「妳是傍晚遇到的那位小姐嗎？」他的聲音很低沉。

「我姓朱。」她的手心沁著汗，「……我、我不知道從何說起。」

「那就慢慢說吧。」他低沉的聲音有某種撫慰的力量。

珮兒定了定神，有些紊亂的說起來，一面說，一面哭著。沈音只是靜靜的聽。

「時間很晚了，我們沒辦法馬上過去。」沈音靜靜的說，「但是請妳現在立刻停止哭泣。最少在午夜之前，必須停止哭泣。」

「啊？」珮兒有些摸不著頭緒。

「女人最好不要在午夜哭泣。那是逢魔時刻。」沈音解釋著，「在那個時候哭泣，容易招來不好的東西。」

「……我盡量。」珮兒咽了咽眼淚，「我是不是該去別的地方過夜？我總覺得好害怕……」

「妳是定標。妳得待在那兒，好讓妳男朋友找得到回家的路。」他憂鬱的笑笑。

我？「那……我該做些什麼？」她沒什麼把握的問。

「妳有宗教信仰嗎？」他反過頭來問。

為什麼這麼問？「呃……我沒有什麼宗教信仰。」

「不過妳愛妳的男朋友吧？」沈音笑了，「愛情從某種角度也算是一種宗教信仰。妳若很愛他，就默念他的名字，要他趕緊回家吧。」

沈音掛了電話。

很有趣。一個有著稀薄天賦、卻毫無自覺的女孩子。被邪祟的這麼厲害，她的男朋友居然還活著，有辦法回到人世，實在要歸功於她堅定的信念和天賦。

他深深的嘆了口氣。

這是個很棘手的案子。更棘手的是，這些天芳菲感冒了，病體虛弱的時候，暴躁的劍俠接掌了身體的主控權，陰鬱的守在家裡。

他去了幾次，幾乎是放下食物就走。他那個名義上的「妹妹」，總是用著銳利無情的眼光支解著人，從某種角度來看，或許這時候的她比惡鬼還可怕。

每次接近她，沈音的舊傷就會隱隱作痛。不要說要她接案子，連跟她說話，沈音都會顫抖。

或許等芳飛的感冒痊癒？但是案主撐得了那麼久嗎？

他曾經從珮兒的肩膀上拿下「異物」，那玩意兒幾乎將他凍死。真的是……很麻煩啊。

但是他沒有能力解決。

看起來，只能耐著性子等到芳菲病癒「回來」的時候請她幫忙了。

默默想了一會兒，沈音聳聳肩，躺在床上。

這個龐大的都市，每天都有邪祟奪走人命。但是人類是種喜歡自圓其說的生物。他們會解釋，心臟病猝發、車禍，或者自殺。再怎麼奇形怪狀的死亡和瘋狂，都可以找到合理的解釋。

反正只要有解釋就可以了。有了科學而完美的解釋，人類就可以安心的生活在太陽底下，完全沒有意識到，這表面正常的世界，和真實而殘酷的邪祟只隔了薄薄的一層膜。

偏偏人類的貪念衍生出來的忌妒、怨恨、悲痛等等負面情緒，又特別容易招來邪祟。

人類是唯一肚子不餓，卻酷愛自相殘殺的生物。

朦朦朧朧的要睡去，手機卻奪命似的尖叫起來。幽冥捐客又不是7-11，並不是二十四小時營業的……他滿腹牢騷的爬起來接，「喂？」

手機那頭是驚恐啜泣的聲音。

「朱小姐？」他嘆息，「我不是告訴妳，午夜過後不要哭泣？夜泣容易招惹……」

「遇到這種狀況，誰不會哭啊?!」珮兒哀叫，「救命啊～」

「妳男朋友呢？」沈音清醒了。

「他回來了……」珮兒驚恐的吸氣，「啊啊啊啊～他們來了～」

「什麼？到底是什麼?!」沈音跳了起來。

「……蜘蛛！」珮兒握著手機大叫，「好多蜘蛛啊！」

「給我地址！」沈音匆匆套上衣服，「別哭了！只有妳可以保護自己，最少妳要保護妳那混帳男朋友！我馬上到！」

原來是蜘蛛。他一直覺得奇怪，那光滑冰冷、像是白蛇一樣的「異物」到底是什麼……應該就是蜘蛛絲吧。

他衝出家門，在電梯時快速的按著簡訊，一出電梯門就send出去。當然啦，他也是僥倖的心態。若是芳菲清醒著，很可能會來救他。

萬一是劍俠呢？

那個對男人滿懷恨意的劍俠唐時，應該會很高興的看他去死。

該死的。他咒罵著發動了車子，該死的。他只是掮客，負責接案子而已，根本不該這樣拿命去搏啊！

但是他沒辦法忽略無助的求救。

「我真是他媽的好人！好人總是死得早！幹！」一面罵著髒話，沈音瘋狂的超速，完全不管被照了多少罰單。

他急急的衝進了大樓管理室，老管理員看到他，臉色都變了。「……出事了？」

「出事了。」他匆匆的進了電梯，「老周，你不要來！不要白搭一條命進去……等等會有個小女生來幫手，拜託你讓她進來！」

到了珮兒的套房門口，沈音厭惡的屏住氣息。惡臭蔓延。其實真正令人作嘔的，並非自然分解的屍臭，而是怨恨忌妒散發出來的恐怖氣味。

這才真的冰冷而令人窒息。

該死的，他不想進去。但沈音還是熟練的掏出萬用鑰匙，非常高明的打開了鎖（就別追究他哪裡學來的了）。

一開門，寒氣和惡臭衝了出來，像是打開了地獄的大門……

整個屋子掛滿了銀白的蜘蛛絲。無數雪白的蜘蛛蠕動、織網，完全沒有落腳的地方。站在大門口，寒冷的邪氣就讓他喘不過氣來，他用力甩了甩頭，點燃了打火機。

蛛網碰到打火機燃燒了起來，蜘蛛們發出尖銳的慘叫，讓人頭皮發麻的「刷」的讓開一條路。這些雪白的蜘蛛大約有手掌大小，肢體上長著剛硬的白毛，複眼反射著奇異的光，虎視眈眈的看著拿著火的他。

數量真是多到令人毛骨悚然……黑暗中，銀白的蜘蛛絲倒映著微弱的月光，和一對對不懷好意的眼睛。

硬著頭皮，他往前走去。幾乎被蛛網纏滿的珮兒呼著白氣，奄奄一息的縮在陽台，抱著不知道是死是活的男人，除了珮兒的臉和右手外，他們兩個人像是裹在一個銀白的大繭裡頭。

珮兒拿著手機的右手貼著臉，套著一串泛黃的佛珠。或許這就是蜘蛛不敢碰觸的緣故。

他蹲下來費力的撕開男人臉上的蛛網，那男人大大的喘了口氣，半昏半醒。

「我放火燒房子可以嗎？」他拿著打火機的手有點瘦了，「不燒我們可能都會死。」

蜘蛛又聚攏過來，重新將他走過的路又織得密密麻麻。

「燒。」珮兒冷得上下牙不斷的打顫，「我、我……我寧可燒死。」

沈音將窗簾點燃了。窗簾延燒到蛛網，一片火亮和蜘蛛畏懼的慘叫。

他們不會真的燒死的。沈音顫抖的靠珮兒近一點。大樓都有配置自動灑水裝置，等火苗太大的時候，就會從天花板灑水下來……在那之前，應該可以趕走這些不自然的蜘蛛。

蜘蛛們跳竄，在火苗間掙扎。漸漸縮到房間的一個角落，重重疊疊，重重疊疊……然後，互相吞噬。

沈音張大眼睛，他感到不妙，大大的不妙。「要死了！蜘蛛蟲……」他費力的撕開緊緊纏在珮兒和邵恩身上的蛛網。觸手是這樣冰冷，冰冷得幾乎有灼傷的錯覺。「快走啊！不走就來不及了……」

但是被凍得幾乎氣絕的兩個人根本站不起來，甚至漸漸昏迷了過去。

寒氣更甚。沈音連回頭都不敢，但還是乍著膽子回頭了……

其實他寧可不回頭看的。

那些蜘蛛互相吞噬後，變成一隻巨大、怪異而恐怖的怪物。全身雪白，像是女人仰臥著的身軀，有著美麗的乳房，但是腦袋卻翻轉著在前面，八隻纖長的手臂撐在地上，絕豔的臉孔慘青著，露出詭笑。豔紅的嘴裡伸出兩根細而潔白的獠牙。

「……小姐，妳也穿個衣服。」沈音就著燃燒的窗簾點了菸，「妳這麼大方，我反而害羞。」

那蜘蛛女尖叫一聲，敏捷的撲了過來。沈音操起放在陽台的拖把，朝她敲了下去……拖把斷裂，蜘蛛女不但毫髮無傷，反而在他肩上拉出很長的傷口，還將他打得撞上了陽台的護欄。

「靠！差點我成了無故自殺的犧牲者！」他緊急抓住欄杆，「告訴妳啦，比起唐時的劍，妳咬這一下跟貓咪咬得沒兩樣……」

被激怒的蜘蛛女衝了上來，沈音猛然一矮身，讓那可怕的怪物飛過了欄杆，筆直的翻出陽台，墜樓了。

結束了。

他摀著肩膀，幾乎虛脫了。真不錯，憑著機智，他也熬過了這關。他呼出一口菸，拿起手機撥一一九……

等他感到腦後風壓的時候，他覺得，他大約沒辦法活著撥任何電話了。

「誰准妳碰他？」冰冷的聲音在他身後響起。

小心翼翼的回頭，蜘蛛女赫赫發出恐嚇的聲音，卻讓芳菲的三尺銀鋒架在頸項，只離沈音的脖子一掌之隔。

差一點，只差一點點，腦袋就飛了。

「芳……」看到她冰冷無情的瞳孔，沈音將話吞進肚子裡。真該死，芳菲要「睡」多久啊？怎麼又是劍俠唐時！

「滾。」唐時闔了闔眸子，「廢物，擋著路！」

沈音不知道哪來的神力，一把拖起兩個昏迷的人，飛也似的逃出大門。

（極度恐懼時，往往會激發腎上腺素。事實上，他畏懼唐時遠遠勝過各式各樣的妖魔鬼怪。）

一見沈音脫離險境，唐時彎起一抹殘酷的笑。

「妳敢碰芳菲託付的人？」她豔笑，卻比蜘蛛女怨毒的冰冷溫度更低，「妳要有相當的心理準備。」

蜘蛛女敏捷的後退，附在牆上對她發出恐嚇的絲絲聲，發出更濃重的霜氣。

「我生病的時候，心情一向很壞。」她沉下臉，「希望妳有覺悟了。」

*　*　*

他拖著兩個昏迷不醒的人奔進電梯，沾黏在他們身上的寒冰蛛絲也真的如冰般溶解。等到了管理室，他們身上的蛛網幾乎都消失殆盡。

他鐵青著臉對著老管理員大叫，「叫救護車！快！」

就算他會祓禊，他也無法排除邪氣侵襲以外的傷害，不管是身體還是心理的。更何況，他不會。

事實上，唐時也不會，他們之中唯一擅長鎮魂和祓禊的，是沉眠中的芳菲。

他能做的只是幫這兩個倒楣鬼蓋毛毯、把暖暖包塞進他們懷裡（夏天的暖暖包……），跟老管理員一起焦慮的等待救護車。

等救護車將他們帶走以後，老管理員和他面面相覷。

「那個……」老管理員遲疑了一下，「沒有任何人來欸。小謝，別說女孩子，連隻蟑螂都沒有經過。」

沈音抹了抹臉，被凍傷的手顫抖得點不起菸。他知道寒冷的邪氣從傷口入侵了，但是他並不想去讓醫生胡攪亂搞。

點了幾次，終於把菸點了起來。呼出一口白煙，像是呼出一聲長長的嘆息。「她在樓上。」其實他完全不想去想到「她」。但若是芳菲在這種關頭突然醒過來，可能會受到傷害。

劍俠可以完全忽略肉體的痛苦，芳菲不能。她比較柔弱易感，也遠比劍俠更像個「人」。他聽過唐時稱呼芳菲「郡主」，但是他完全不敢去追究她們的來歷。

唐時的劍是瘋狂而殘暴無情的。

躊躇了一會兒，「……我上去看看。」

回去的路上，他的心情真的很沉重。若是芳菲醒過來，應該是滿臉的病容在祓禊鎮魂。雖然他會有些過意不去，但卻是最好的狀況。

深深吸口氣，打開門……頭猛然一扭，果然是……最糟糕的情形。

整個套房都是血，怵目驚心。牆上大篷大篷的噴濺，血腥味嗆得人頭暈。蛛網早就融蝕的一點痕跡都沒有，取而代之的，是怵目驚心的血，一步一滑。

血泊，原來是這種樣子。

那隻蜘蛛女被砍斷了肢體，用銀質長針釘在地板上。六隻手臂沾滿了血跡，不斷蠕動掙扎，卻困於殘忍的銀針，動彈不得。

唐時已經將蜘蛛女的腦袋砍下來，歪斜的擺在頸項旁邊，同樣在眉心釘了筷子粗的銀針，插在地上，無聲的慘叫在小小的套房裡盤旋，簡直震耳欲聾。

對於聽得見的人，真的是震耳欲聾。

而那個殘酷的劍俠，已經從上而下，將蜘蛛女從鎖骨剖到下腹，幾乎將她的內臟掏空，滿臉興奮的豔笑，正在將她的腸子捲在劍上，慢慢的拖出來。

每一聲慘叫，就伴隨著手臂和軀體的劇烈抽搐。因為是妖異，所以不容易死。被支解到這種地步，居然還活著。

他不是第一次看到，但還是跟最初的感受一樣，他忍不住吐了。

對，這是隻害人的妖異。但若不是人類的操縱，「她」不會出生。每一次唐時這樣殘忍的凌虐她的獵物時，他總是嘔吐完就走出大門，忍耐著等她盡興。但是……這樣每次每次的累積，他真的受不了了。

讓他作惡夢的不是看到平常的靈異或鬼魂，而是唐時的嗜血好殺。

他想走出大門，卻看到蜘蛛女的斷臂……手指痛苦的抓著地板，指甲用力到雪白一片。

那個瞬間，他斷裂了。

忘記對唐時的畏懼，他低吼，「妳讓她好好死好不好？妳放她一馬行不行？妳可不可以乾脆點殺了她……別讓她這樣零零星星受苦可以嗎?!」

他再也忍耐不住，掏出隨身帶著的瑞士小刀，朝著被拋到角落還在鼓動的心臟，使勁戳了下去。

刀刃穿過血肉的觸感令人毛骨悚然，他覺得全身都發軟了……但是蜘蛛女發出最尖銳的慘呼後，肢體的抽搐漸漸減緩，安靜，痛苦扭曲的臉龐平靜下來，呼出最後一口氣。

一片墳場般的寂靜。閃爍著無聲電光、唐時被打斷時的怒氣。

她的眼睛，充滿了清醒的瘋狂，在沾著鮮血的臉龐閃爍。

從來沒有，這個瘋女人不管死了多久，轉生多少次，她嗜殺暴虐的性格從來沒有改變過。尤其是鮮血會令她因為狂喜而瘋狂。

他轉身想要跑出大門，卻覺得腦門一痛。狂暴的唐時抓著他的頭髮拖了回來，反身踹上大門，一手掐著他的脖子，一手托著他的下巴，將他凌空舉起。

會被她就這樣弄到身首異處。血液都衝到腦門，沈音無法呼吸。太陽穴怦怦怦怦的鼓動，像是血液就要噴了出來。

他就知道，他一定會早死的。沈音深深的後悔了。幹，好人就是會早死，他就是人太好了，才會被這個比妖魔還妖魔的瘋女人宰了……

連死後都不能留個全屍……他的眼睛開始鼓起來，流出泡沫般的口涎。在漸漸昏迷的時候，他想著……

早就知道會有這一天。就怕芳菲知道了，可能會哭很久很久。

壓力驟然一輕，他大口大口吸著珍貴的空氣。雖然突然被扔到地板上不知道撞到了啥聽到清脆的一聲，哪怕是斷手還是斷腳，最少他多活了幾分鐘。

唐時靜靜的站著，滿臉脆弱的茫然。她看了看癱在地上的沈音，和一室狼藉的血肉屍塊，「……這是哪裡？」她摀著嘴，咳了兩聲。

「芳菲？」沈音想笑，卻覺得胸腔劇痛。

她點了點頭。

「我們在處理案子。」沈音放心的昏了過去。

他後來在醫院清醒過來，滾著微燒還在咳嗽的芳菲在照料他。

「你的肋骨斷了兩根。」她壓下一聲輕咳，「……你該等我醒來再說，而不是跟著唐時去胡攪。她控制不了自己。」

「等妳醒來，我只能幫忙收屍了。」他微弱的抗議，「我討厭看見屍體。」

芳菲皺起眉，卻沒多說什麼。她對生死原本就很淡漠，萬事萬物各有天命，生死哀樂，都陷在名為「命運」的輪迴大網，又有誰逃得脫？

若真的該死，一杯水也是毒藥。若命不該終，雖九死亦有一生。但是這些無法說服沈音。他非常鮮明的，擁有人類的軟弱和不忍。

或許她有些羨慕他火熱的善良。

「我承諾過，會設法保住你。」芳菲淡淡的，「別讓我違背了承諾。」

沈音點頭不語。如果他對唐時的感覺是恐怖，對芳菲……大約是敬畏。雖然知道她個性溫和寡言，但是有種高貴的氣質讓他連大氣都不敢出。

「說說看，這次的案子？」芳菲疲倦的坐下來。這個肉體快不行了……原本死嬰就是因為身體有缺陷才會出生便死亡。她和唐時的附身，勉強延續了這個肉體的生命，但也不會太久。

生命的光芒漸漸熄滅，對她來說，陷入睡眠的時候會越來越多。但是屬於闇與死亡的唐時是不受任何影響的。

說不定，有限的肉體反而侷限了唐時狂暴的生命力。

但是她不想多提。轉生對她來說稀鬆平常，但是她對沈音還有責任。再撐個幾年吧？再撐個幾年，她得實現她的承諾。

她仔細聆聽沈音的敘述。

* * *

等珮兒和邵恩清醒以後，一問出語煙的地址，芳菲和沈音就出發了。

時值黃昏，滿天悽豔的血紅晚霞。他們還沒走近就知道是哪扇門，森冷的寒氣不斷的從門縫冒出來。

忍著痛，沈音三兩下打開了大門……蜘蛛女赫然撲了出來！

芳菲咳了一聲，在她額頭彈了一下，那隻雪白的蜘蛛女被打得翻飛了出去，附在牆上發出尖銳的叫聲。

「……她、她不是被殺了嗎？」沈音傻眼了。

「這才是最殘忍的地方。」芳菲意興闌珊的看了看她，「她被製造出來殺生，卻也沒有死亡的權利。你瞧她是什麼？」她反問沈音。

「蜘蛛蠱……？」沈音試探的問。這些年當幽冥掮客，他也不是毫無見識的。只是他想不通，蜘蛛蠱為什麼會和女人的身體錯亂組合。

「因為養蠱的器皿啊……」芳菲輕嘆，「別叫了，我頭疼。」她吹出一口香氣，蜘蛛女嗅到那股香氣，突然肢體抽搐，在地板上縮成一團。

越過那隻「守衛」，芳菲滿臉憂鬱的走進不祥的洗手間。突兀的櫃子在漸漸暗下來的天色中，像是隻盤據的野獸。

撼動了一下，沈音發現這個櫃子似乎上了鎖，「打不開呢。」

芳菲不語，掏出一把薄薄的銀質小刀，順著門縫劃了下去，櫃子發出劇烈的顫抖和嚎啕，把沈音嚇得貼在牆上。

門開了。櫃子裡塞滿了有手指粗的蜘蛛絲，但還是看得出包裹著一個人形。蜷縮著宛如胎兒，甚至還有非常細微的呼吸起伏。

「……她還活著！」沈音嚇得跳起來，衝上前，「她還活著！」

芳菲想阻止他，但是他已經粗魯的撕開蜘蛛絲構成的繭衣……

那是一張皺縮宛如木乃伊的臉孔。嘴巴大張著，湧出一隻隻的蜘蛛。像是整個人的體液都被抽乾，只剩下淺淺的呼吸告訴所有人她還活著。

「……放了她吧。」芳菲無奈溫柔的聲音，卻不是對著沈音。「妳想說什麼，對我說會比對她說好。」

像是呼出一口深深的冤氣，所有的蜘蛛絲都消失無蹤，不斷湧出的小蜘蛛也不見蹤影。沈音膽戰心驚的將那個木乃伊似的女孩拖出來，發現她輕得像是一件衣服。

不過，她還活著。

「還有一個。」芳菲撫了撫櫃子，「底下還有一個等待救援。不過……你還是先叫警察吧。」

後來警察拆掉了櫃子，發現下面還有個浴缸。但是那個浴缸灌滿了柏油，硬得跟石頭一樣。最後在芳菲的堅持之下，他們耐著性子慢慢敲敲打打，發現了一具栩栩如生的女屍。

像是一朵枯萎的花朵，躺在密閉的柏油棺木中。頭髮都脫落了，但是屍身還很完整，像是剛死不久。她的右眼被剜，空空的眼窩，一隻雪白的蜘蛛，緩緩的爬出來。

芳菲伸手拿起那隻蜘蛛，別開臉的警察沒注意到她取走了什麼。

這個案件卻沒在媒體裡出現太大的篇幅。一來是有更大的政治八卦引起了媒體的注意，二來警察對所有不可思議的案件都暗暗的處理掉了。

最有嫌疑的屋主，早在很多年前就移居大陸，而且早就超過了追溯期限。

如往例，他們將這個案子，轉交給沈音。

在別人不知道的地方，警察私下有個共同基金。

或許在別人眼中警察充滿負面形象，但是更多警察並不是為了鐵飯碗而來的，在最初的時候，他們當中許多人也有理想抱負，也曾經為了無辜的受害人偷偷飲泣過。

為了不讓自己崩潰，為了大環境的污穢，他們或許被迫做了些他們本意不願意的事情，例如冷漠、例如視若無睹，但這些並不代表他們對於不公不義不會憤怒。

於是，這個祕密的共同基金在警察間用樂捐的形態產生了。他們所不能追求的正義，就訴諸其他的力量來執行。

比方謝沈音這個專攬奇怪案子的掮客。

雖然共同基金給的報酬一直都很少，但是沈音總是笑笑的接下來，許多奇怪的事情也因此有了結果。當然，這些是後話。

「做公益的又來了。」沈音聳聳肩，「那個該死的共同基金又塞點零錢叫我們做義工了。」

芳菲彎了彎唇角，若有所思的看著裝在玻璃罐子裡的雪白蜘蛛。「屋主的資料？」沈音將厚厚一疊的資料袋交給了她。

「……移居大陸生意做很大呀。」芳菲的笑容深了些，卻沒有歡意，「在屋子裡埋人柱，還滿有效的。」

沈音覺得一陣陣的反胃，「……人柱？」

「你不知道？古代建築和造橋的時候，會犧牲一個活人的生命當基礎，祈求建物或橋樑恆久、帶來繁盛。」芳菲用食指輕輕劃過玻璃罐子，「只是他更狠一些。在製造人柱之前，犧牲者已經先中了蜘蛛蠱……成了養蠱的器皿。」

沈音真的要吐了。他蒼白著臉孔衝進了洗手間，傳出驚天動地的嘔吐聲。

輕嘆一聲，芳菲放棄了讓沈音「觀看」的機會。她很想將自己的本事教給沈音……但他是個心腸非常柔軟的人。他的天賦已經讓他吃足了許多苦頭，甚至還超出自己能力的做了許多不該做的事情。

像是徒手對抗充滿邪氣的蜘蛛女。

將來沉睡的時候會越來越多，唐時雖然會遵守她的承諾，但是唐時卻是個隨時會狂暴化的、活生生的凶器。

他一點本事都沒有，又承受不了這些殘酷。將來那不祥的因果來臨時，他怎麼對抗呢？

輕撫著玻璃罐子，她「看到」。看到許多許多年前，仗著自己的一點惡魔般的知識，玩弄一個女人的生命，直到死亡還不放她安息……

＊　＊　＊

「親愛的，我的眼睛好痛……」她摀著帶著眼罩的右眼，「我痛得受不了了，快帶我去醫院……」她哀求著，自從眼睛開始痛以後，她的雙腿也痲痹了，沒有人攙扶，連站都站不起來。

「沒關係，那是藥水的副作用。」她那浪子回頭的丈夫，溫柔無比的攙她躺下，「我幫妳打一針止痛，乖喔，很快就……」

漸漸的，痛感變鈍了，睡意宛如潮浪般襲來。她的思緒沉浸在黑暗中，唯一的光亮是她最愛的丈夫。

終究他還是回到我身邊。終究，他最愛的人還是我。

當丈夫出軌的時候，她用盡了一切方法讓他回頭，從哭泣哀求，到哭鬧吵罵，甚至，她還告上法院，還自殺給他看過。

在徹底絕望的時候，她病倒了，昏昏沉沉的發了兩天的燒，無法起床。孤苦無依的，待在他們的家裡。

奇蹟似的，不管怎麼一哭二鬧三上吊都棄她不顧的丈夫，居然在這個當口回來，親切的幫她買藥，替她退燒，無微不至的照顧她。

只是她的右眼……越來越痛，越來越痛。但是丈夫不肯帶她去醫院。

「我就是醫生，」丈夫推了推金邊眼鏡，「難道妳不信任我？」

「但是我右眼好痛，」她推開丈夫的手，「我不要再點眼藥水了！我就是開始點眼藥水才痛的！好痛……好痛……」

痛到止痛藥都起不了作用，她尖叫著將眼罩扯下來……一股奇異的惡臭衝進鼻腔。她的右眼完全看不見了。她顫顫的觸摸右眼，粉紅的血水流下來，這，就是惡臭的來源。

驚懼的看著梳妝鏡，她的右眼不見了，一隻雪白的蜘蛛陷在眼窩裡，掙扎著要爬出來。

「親愛的！親愛的！我的眼睛……我的右眼被蜘蛛吃掉了！」她狂喊起來。

「那是錯覺。怎麼可能有這種事情呢？」她的丈夫溫和的安撫她，「這是精神分裂……不過不用怕，我不會把妳送去精神病院的。妳不是愛著我，不想跟我分開嗎？」

臂上一痛，睡意如潮洶湧，在墜入黑暗中，她聽到丈夫的笑聲……

「她死了嗎？」有些熟悉的女聲非常驚慌，讓她憤怒起來，那個狐狸精！那個該死的女人居然來到我家?!

「是我的錯。」她的丈夫聲音非常懊悔，「她為了讓我回心轉意，不知道去哪裡沾了這種邪術……妳看她的眼睛……」她感到有人在翻轉自己的身體，她也知道自己的眼睛是張開的……

但是她什麼也看不見。

那女人倒抽一口冷氣。「……天哪，那隻蜘、蜘蛛……還活著？怎麼會……」她乾嘔了起來。

「她死了。但我會變成最有嫌疑的人。」她丈夫的語氣這樣傷悲，「我會被判死刑……如果她的屍體被發現的話。幫幫我！幫我把屍體藏起來……我們去大陸發展。不要再說要離開我了……我最愛的人是妳呀！」

你說謊！你對我說謊，也對她說謊！

你對我這麼過分，我恨你，我恨你……當高溫的柏油注入浴缸時，她聞到自己皮肉焦爛的味道，動彈不得。

但是我如此恨你的時候，我也不可自拔的依舊愛著你啊！所有甜美的回憶都只是夢幻嗎？宛如珠寶盒的璀璨記憶都是假的嗎？

不可能的。他一定是被什麼迷惑了心智，才會變成這種樣子。他總有一天會清醒過來，回來接我的。

困在柏油凝固的棺木，她動彈不得。就算日子一天天的過去，用自己屍身餵養的蜘蛛繁衍越來越多，她們還是被困在這裡。像是一道堅固的鎖，鎖住了她們的出路，被關得越久，就越憤怒。

憤怒到任何亡靈鬼魂一靠近這個家，就會被這股怒氣支解。

「妳被當作人柱，安在這裡鎮宅。」芳菲試圖說服她。「我猜想妳的丈夫不知道從哪學來了養蠱和安人柱。這裡的風水點很不錯，壞在必須『懸棺』，不能沾土。所以……」擺脫煩人的妻又可以興家旺宅，這位據說是醫生的養蠱人可以說很善算計。

「我早就知道了……」雪白的蜘蛛發出啜泣，旋即狂暴的撞擊玻璃罐子，「胡說！

妳胡說！他愛著我的！他會來接我！我一定是發瘋了，所以才有這些奇怪的妄想！他一定回來接我的，他愛我，他愛我啊——」

「妳……為什麼不去問他呢？」芳菲真正的微笑起來。

雪白的蜘蛛安靜了。

在一個晴朗的早晨，一個包裹寄到某個沿海城市的公司裡。

這並不是什麼不尋常的事情。這家公司的大老闆喜歡一些奇奇怪怪的東西，常常有莫名其妙來自各地的包裹寄來。秘書熟練的簽收下來，和其他一些雜七雜八的包裹一起擺在老闆的桌子上。

美麗的秘書還刻意先補過妝才來送包裹。大老闆的妻子在不久前病故，雖然大老闆的幾任妻子都不得善終，不是病死就是車禍，但是面對一個擁有成熟男人的風采與瀟灑、身價上億的黃金單身漢（就算他年紀很大了又怎麼樣呢？），每個有志者都認為自己不會那麼倒楣。

當然，秘書小姐更希望可以近水樓台先得月。

不過，大老闆對這堆包裹比較有興趣，只揮了揮手，要秘書小姐退下。

他年紀不輕了，頭髮半為霜銀。但是堅持不染頭髮的他，反而讓這種特立獨行看起來更具成熟的魅力。

他很了解自己的魅力所在，也很享受那些愛慕的眼光。但是，他更愛這些讓他獲得財富和擺脫麻煩妻子的學問。

沒錯，養蠱和人柱，都是古老的學問，值得一輩子去鑽研。

他先打開了來自香港的包裹，裡頭是幾本他渴望很久的線裝書；又打開來自東南亞的包裹，裡頭是另一個民族傳統的巫毒道具。細細閱讀了一會兒，他很希望有機會試試看。

總會有機會的。這個世界上，愚蠢的女人是那樣的多，不管是愛著人，還是愛著錢。他的實驗品永遠不會欠缺。

最後是一個來自台灣的包裹。

他稍微想了一下，想不起來自己是不是跟老王訂了什麼。不過他訂的東西太多，自己也不記得了。也說不定，老王找到什麼有效的新玩意兒，送來給他試試看也說不定。

摸了摸口袋裡的護符，他很有信心的打開了包裹。身為養蠱人，他擁有最好的防護措施。這是一個來自雲南的古老護符，他拜師學蠱的時候，由他的老師交給了他。

打開來，是一個玻璃罐子，養著一隻雪白的蜘蛛。

他的精神一下子就來了。蜘蛛蠱。這是他第一個使用成功的蠱毒。這種雪蛛非常難得，他花了六十萬才得到一隻珍品的卵。當年的六十萬可以買一到四樓的公寓了。

但是這種別名「女郎蜘蛛」的雪蛛，卻是蜘蛛蠱的絕品。或者你可以說，這是一種非常容易被影響的妖怪。許多雪蛛附入人體成胎，終生和人類無異。養育他的人的心念，讓這種沒有主見的妖蛛成聖或入魔。

很有趣的小東西。當初他將第一任妻子麻醉後，在她眼球劃了一個小小的十字，將這個卵放到她眼球裡，成為一個很好的器皿。

一個女人和一隻蜘蛛的犧牲，讓他的事業成功，也讓許多入住者一帆風順。從經濟效益來說，真的非常划算。

「老王哪裡弄來的？」他很感興趣的拿著把玩，看著雪蛛柔弱的在玻璃罐子裡滾動掙扎，該用在什麼地方呢？他的心熱切起來。

等不到下班，他興致匆匆的回家。他第四任的妻子還躺在酒窖裡，靠著維生機器維持最低限度的生命。說不定還來得及。在她還沒斷氣之前，說不定還可以拿來餵養這隻雪蛛。

反正她的喪禮已經舉行過了，名義上，她已經病故。

當他在酒窖裡忙著準備的時候，沒有留意到，應該緊封的玻璃罐子，無聲的碎裂，裡頭的蜘蛛不見蹤影。

「……這都不是真的。你沒有娶別人，你只愛我一個。」他感到背後有著冰冷的呼吸，一張光滑又霜涼的臉孔依著他的頸子，「你不是要來接我嗎？我好冷、好寂寞……」八隻纖長的手臂緊抱著他，「親愛的……我瘋了。我一直懷疑你對我不忠。沒有這回事，對吧？我只是精神分裂，所以才誤以為你害死我。沒有這種事情，對吧……？」

他全身都僵硬了。慌著伸手進去掏護符，發現護符早就結成冰，他一拿出來，就脆弱的碎裂成粉末。

他不敢回頭。整個腦子亂成一團，所有的預防措施和應變手印通通想不起來。霜冷的呼吸不斷的吐在他脖子上，讓他像是灼傷般的刺痛。

「親愛的，你怎麼不說話？」嬌弱的聲音漸漸悽楚、高亢，「為什麼不說話？不要讓我生氣，不要讓我生氣——」最後的聲音像是撕裂般的慘嚎。

臨終前的慘叫。

他顫顫的開口，呼出濃濃的白氣。「是呀，其實我時時刻刻想著妳……妳只是精神分裂了，所以不知道我常去探望妳……妳不記得而已。我想接妳回來呀，但是妳的病還沒好……」

沒事的。他強自鎮靜。這是女郎蜘蛛易被影響的天性，複製了初任妻子的記憶。他可是養蠱人，還怕自己養出來的蠱物嗎？

「妳乖，不要這樣纏住我。」他哄著，「快來，我幫妳準備了食物，妳吃了這女人病就會好了……」

他的語氣，還是這麼的溫柔體貼。

就算是在撒謊，也是這樣的溫柔體貼。「……你騙我。你騙我，騙所有的女人。你騙我們……」她哭了，每一滴淚一流出眼眶，就混著血落地成了冰珠。

摻著血的粉紅冰珠。很美麗，也很淒厲。

趁她哭泣的時候，他點燃打火機，把火扔在她身上。她尖叫著跳開，看到那隻混著女人肢體的女郎蜘蛛，他鐵青著臉要逃離酒窖。

但是他卻無法移動。地板伸出了好幾雙女人的手，緊緊的抓著他。「為什麼這樣對待我，對待我們？」女人腐爛或半腐爛的頭顱從地底冒出來，「你不是愛我嗎？」

十二點過後，死去的女人夜泣。流下混著血的眼淚。

「你不是愛我嗎？你不是愛過我嗎?!」無數亡靈的眼淚，像是血海般淹沒了整個地窖。一隻雪白的蜘蛛，爬進了他大張的嘴裡。

在清醒中，他慘叫又慘叫。但是無情的蜘蛛安靜的啃囓著，咬穿了他的上顱，最後從眼眶中爬出來……

等大老闆的屍體被發現時，他已經死了兩天了。

在沒有水的酒窖裡泡得腫脹，右眼被啃噬出一個大洞。空空的眼窩，塞滿了銀白的蜘蛛絲。

同時也發現了昏迷不醒的夫人，她已經舉辦過喪禮了，卻靠著維生機器躺在酒窖中。

更讓人驚駭的不只是這些。當公安進入地窖的時候，發生了大地震。裂縫中，居然有女人的頭髮。開掘酒窖的地板，發現了三具女人的屍體。

這駭人聽聞的案件，就在屋主死亡的情形之下，不了了之。

*　*　*

「……妳為什麼又回來了？」芳菲有些訝異。「讓妳眷戀的人已經死了，妳也可以安息，為什麼……」

蜘蛛女瑟縮在陰影中，一動也不敢動。她的身上，沒有亡靈的氣息。

啊……無辜又可憐的蟲物。芳菲有些憐憫。用屍身餵養妳的亡靈心滿意足的消散，但妳還活著。

習慣性的眷戀著人類，哪怕是屍身還是亡靈。現在的妳，像是無家可去的流浪貓咪。

「我不能留下妳。」芳菲嘆息，「我沉眠的時候，唐時不會饒過妳。」

她美麗而妖異的臉孔流露出茫然，和一些些驚慌失措。她沒有地方可去。

怎麼辦呢？不能留下她，但是淪為蠱物的女郎蜘蛛若是放生，不是給人間帶來禍害，就是被殘酷的人類利用，或是讓其他妖怪吞噬。

不管是哪一種結果，她都不想看到。

「……沈音缺一個保鏢。」芳菲考慮了一會兒，「妳若遵守人間的規則，我就讓他收養妳。」

蜘蛛女盯了她很久很久，很輕很輕的點了頭。

* * *

「妳在開玩笑嗎?!」沈音嚇得貼在牆上，「這不是養貓或養狗啊！」

「仔細看，她也頗美麗的。」芳菲一直很氣定神閒。

……對啦，若是她有兩條腿兩隻手，把頭擺正，穿上衣服，肯定是辣妹……問題是妳見過八隻手撐在地上、仰臥著身體、腦袋向前的美麗女郎嗎?!

「……我不養寵物。」他勉強擠出一個像是理由的藉口，「我很忙，沒有空關照她！而且我也不知道該給她吃什麼……」

「她自己會獵食。」

「喂！我不養吃人的寵物啊！」沈音的腦筋真的要斷線了。

「聽到了嗎？」芳菲咳嗽兩聲，「不可以吃人。」

蜘蛛女郎很溫順的點了點頭。

「嗯，那沒問題了吧？你需要一個保鏢，不然隨時有生命危險，我又不一定趕得到。」芳菲站了起來，神情很疲倦，「我得回去了，唐時快醒過來了……」

妳真的走了？芳菲，妳把妖怪扔在我這兒就這樣走了？妳不怕我變成她的糧食嗎……？

蜘蛛女郎看了看他，試探性的用頭頂了頂他的膝蓋。

不騙你，沈音從腳麻到頭頂。「……很乖很乖……」他僵硬的摸了摸蜘蛛女郎的頭。

蜘蛛女郎笑眯了眼睛，將頭討好的擱在他膝蓋上。

其實……他好想尖叫著救命逃走。

救命喔……

第二話　童鬼

如墨的黑暗中，哭泣或嘩笑，都是如此寂寞。

「你是鬼，我不想跟你在一起。」小女孩害怕的說。

「我更不想和妳在一起。」小男孩說，「因為妳也是。」

沈音常覺得，自己真的是個該死的好人。難怪他從來沒有交過女朋友，哪怕只是好感初萌，對方就會趕緊發好人卡給他。

當幽冥掮客的人雖然不多，但也還頗有一些。哪個掮客跟他一樣還會去做後續追蹤和售後服務的？誰不是銀貨兩訖就老死不相往來？

就他這個笨蛋會。也因為這樣，他才能及時救下割腕的珮兒，而且很不願意的來到醫院。

沒錯，他是個害怕來醫院的膽小鬼。這個幽冥交替的鬼地方總是讓他非常不舒服，即使早對鬼怪和靈異看到習以為常，醫院充塞的數量還是讓他很吃不消。

但是現在，他的心情又更複雜了一點。醫院裡充塞著的鬼魂逃得遠遠的，畏懼的讓了條道路出來……不像以往過來捉弄他，他不知道該笑還是該哭。

當然啦，他沒把芳菲硬塞給他的「寵物」帶出來。小朱（他替女郎蜘蛛取的名字）乖乖的待在家裡織網捕食昆蟲，但是小朱霸道的在他身上留下銀色透明的蜘蛛絲，卻把整個醫院的孤魂野鬼嚇得哭爹喊娘，跑得無影無蹤。

他的心情，真的很複雜。

嘆了口氣，他望著用手臂遮著雙眼，一言不發的珮兒。「……為什麼要這麼傻呢？我不相信妳會這樣……自殺是一種很嚴重的……」

「我不是要自殺。」珮兒微弱的抗議，「我真的不是要自殺。」

沈音看著她手腕上厚厚的繃帶不語。「……妳男朋友呢？」

眼淚從珮兒緊閉的眼睛裡頭滑下，「他回到前女友的身邊了。」

正在喝水的沈音差點嗆到，愕然的看著珮兒。「……啊？」那個男人發瘋了嗎？

「他說，我比較堅強，但是語嫣沒有他不行。」珮兒短促的笑了一下，又哭了，「而且……那個女人豁出命來愛他，他實在太感動了……」

「他媽的感動啦！」沈音發火了，一串串髒話脫口而出，「靠！他不想想他還有條命是誰的功勞？不是妳罩著他，他死上百次啦！果然是什麼鍋配什麼蓋……瘋子就配心理變態！……」

珮兒瞠目看著激動的沈音，和她原本的第一印象實在很不相同……她一直以為沈音是個沉著得有些冷漠的「高人」。但是他這樣慷慨激昂的替她不值，讓她忍不住破涕而笑。

「……我不是因為這樣才割腕的。」她吸了吸鼻子。「我……我出現了逼真的幻覺。我沒辦法壓抑的，一直想打電話給邵恩。」珮兒的聲音顫抖，「我把手機的電池拔了，拿掉了電話線。但我還是不斷的撥號，想要打給他……謝先生，我居然可以撥通。雖然我馬上清醒過來掛掉，但是我……」

她顫抖的用手矇住臉，「我、我知道，我可能知道發生了什麼事情。對不起，我沒聽你的話，我幾乎每天都夜泣。」她深深吸了幾口氣，將手放下來。

「但是我、我雖然非常愛他。但是我更愛我的自尊。」她緊緊的咬著下唇，「我不要去屈辱的求一個不愛我的男人。我並不是想要死……我是不小心的。我一直很努力的抗爭……抗爭我的心魔……」

她紅著眼睛，眼淚在眼眶滾了很久，才緩緩滴下來。雖然這樣委靡、這樣蒼白，但是卻有一種震撼的悽愴美。

「……我會贏吧？」她小小聲的問，「我這樣努力……我會贏嗎？」

望了她很久，沈音湧起一股敬意。她真的很堅韌。或許他不是去做什麼可笑的售後服務，而是聽到了她頑強的呼喊吧？

「妳已經贏了。」沈音拍拍她，「即使沒有人幫忙，妳靠自己打贏了這場仗。」

她笑了，雖然同時哭泣著。

* * *

在珮兒不知道的時候，沈音又去了她的家一趟。

其實哪寸土地沒有死過人？什麼樣的地方都有類似的哀戚和痛苦無盡循環，只是看居住在此的人能不能引發共鳴，驚醒沉睡的亡靈。

尤其她這樣有點天賦的人，更容易。

她居住的地方並沒有大問題，有問題的是她，和她那一點用處也沒有的天賦。

「小謝，這種雞毛蒜皮大的案子你也好意思叫我來接。」戴著厚厚眼鏡的男人無奈，「你也找點有難度的，這種安家鎮宅你叫個江湖術士都可以搞定了……你家妹子呢？叫她來弄嘛！」

能找芳菲我會叫你嗎？「芳菲不舒服。又花不了你多少時間，反正你閒著也是閒著。欸，不要看案子小就隨便搞，當心我去跟你叔叔告狀。說你壞了茅山派名頭……」

「行了行了，我怕你好嗎？」他舉手投降，開始專心開壇祓禊。

這傢伙就是這樣，好抱怨又有點眼高手低。他和宋明理認識很久了，他的叔叔伯伯都把沈音當作自己晚輩看待。雖然說，茅山派傳到他們這代已經亡佚了大部分的典籍和法門，但宋家叔伯還是當代的翹楚。

不過明理除了祈福祓禊還過得去，其他的真的不要太指望。

「這屋子沒有什麼問題，到底要我幫什麼忙？」明理忙完了，滿心狐疑。

「呃……因為屋主有點天賦。」沈音搔了搔頭，「她似乎可以招來些什麼。」

「……她不姓宋吧？」明理皺緊眉，「真是麻煩的體質啊。」說是這樣說，這個吝嗇的傢伙還是免費送了個護身符給這個女屋主。

「既然是這樣的體質，」明理提點了一句，「雖然她住的屋子沒有問題，但還是不要往這社區的西北方去。你懂吧？」

沈音有點不太舒服，但還是點了點頭。

珮兒在沒有驚動人的情況下出院了。

她原本就沒有什麼大傷——肉體上。只是打破的玻璃杯在手腕上割了道口子，在送醫之前就已經凝固了，並沒有出血太多。

很感激沈音的細心……他並沒有驚天動地的叫救護車，而是將她的傷口緊急處理後，立刻扶她送醫，誰也不知道她「割腕」。

她不是割腕，真的。雖然看起來像。她只是在對抗自己心魔時出了點意外而已。

一回到家，她呆了一下。整個家的氣氛都不一樣了……顯得這樣靜謐、溫和。深深撫慰著她悽苦的心境。回首想起邵恩，居然不再那麼疼痛。

我是個無情的女人。她自嘲著。再大的悲傷和深愛，還是都過得去，不會執著到地老天荒海枯石爛。男人會放棄我也是應該的……因為我最愛的是我的自尊。

但是，若連自己都不愛，又怎麼可能愛別人呢？

深刻的傷痛舒緩許多，她洗了洗臉，在靜謐的家裡睡了非常甜美的一覺。

過幾天，沈音來送護身符，看到一個精力充沛，生氣蓬勃的珮兒，反而把他嚇了一大跳。

「護身符？」珮兒笑了起來，「我該掛在哪兒？」

「掛在脖子上，或是掛在皮包上。」明理那半吊子不錯嘛，「給妳防身。」

「謝謝。」她接過來，「要喝個咖啡嗎……？」一抬頭，看到沈音的肩上搭著一隻纖白的手，嚇得差點跳到沙發上。

「呃……不要怕。」沈音搔了搔臉頰，覺得自己真是沒有說服力。其實他半夜還常常被嚇到，「這隻女郎蜘蛛現在是我的保鏢。」

「你……你一定要收這麼……這麼犀利的保鏢嗎？」珮兒臉都黑掉了，「不不不能收個比較、比較溫和的……」她把下半截的話吞進肚子裡，因為女郎蜘蛛露出一雙發著青光的眼睛瞪著她。

刷的一聲，她的雞皮疙瘩全冒了起來，寒毛全體立正站好。「那……那需要兩杯咖啡嗎？」她的臉孔由黑轉綠。

「不用了。」沈音慘笑，小朱勒著他的脖子，全身繃得緊緊的「黏」在他身上，只差沒有發出低吼，「我這就走了。」

離開了大樓，沈音沮喪到極點。他有了這個「寵物」，今生大概沒有交女朋友的希望了……尤其是女人的第六感比男人強得多，許多女人就算看不到小朱，也會突然臉色大變的離他三尺。

他的命好苦……

「妳為什麼不乖乖待在家裡？」沈音埋怨著。

「不好。」小朱的眼睛射出強烈的青光，「這裡，不好。那女人，更不好。有殃，有殃！」

……跟她住了兩個禮拜，小朱的語言能力還是很差勁……

問了半天，她翻來覆去就這幾句，最後逼急了，只是不斷的吼叫和嘶聲。

妳這樣我聽得懂就見鬼了……（雖然他天天都在見鬼。）

不過等沈音懂的時候，已經到了幾乎不可收拾的地步了。

* * *

珮兒住的社區非常大。分為東西南北四區，她住在北區這兒。北區這兒有四棟大樓，每棟大樓都有雙電梯，每層有八戶。像她住的北一棟都是以樓中樓的大套房為主，但是其他三棟都是三房兩廳的格局，居住率有八成左右，可見人口是非常多的。

因此，偶爾有救護車出入也算是很正常，當她看到鳴著警鈴呼嘯而過的救護車，雖然覺得奇怪，但也不是太掛意。

「珮兒，我們北四棟在一樓開托兒所的先生過世了。」和她一起參加羽球俱樂部的好友美琴有些害怕的跟她講，「好可怕……」

「這有什麼可怕的？」經歷了真正的恐怖，珮兒有些啼笑皆非，「有生必有死，我們早晚也會走上這條路的。」

「別這樣講好不好？」她差點哭出來，「我經過他家的托兒所都毛毛的……」

珮兒噗嗤笑了出來，「非經過那個托兒所不可？妳繞遠一點，從另一個電梯出入不就得了？」

她並沒有把美琴的害怕放在心上。雖然她也經過那家大門緊閉的托兒所幾次，但也沒什麼特別的感覺。

這家托兒所其實算是不合法的。但是住在附近的年輕夫婦很多，這家托兒所便宜又細心，孩子都養得健康活潑，管區也睜隻眼閉隻眼。她見過幾次那個所長，是個體面的中年人，卻很愛孩子。常看著他帶著大大小小的孩子、推著嬰兒車，在社區廣大的中庭散步嬉戲，很有耐性的溫柔居家男人。

真看不出來他有心臟病。

只是，這幾天沒看到美琴，讓她覺得有點奇怪。她搬來這兒不久，就加入了社區成立的羽球俱樂部。美琴和她一見如故，成了很好的球伴。若不是因為生病等緣故，很難得看不到她。上回珮兒因為「意外」缺席了快兩個禮拜，美琴就擔心的不得了。

這次換珮兒擔心了。

但是……球伴就是球伴。她和美琴有種默契在，不去干涉彼此的生活。她們兩個都是獨立又自主的女人，喜歡清爽的關係。雖然有彼此的手機號碼，但是從來沒有撥過。

自從上次「意外」以後，珮兒對手機和電話就有種畏懼感。但是她有種感覺……強烈不安的感覺。

這種不安不斷的累積，累積成一種衝動，讓她幾乎坐立難安。

她不斷的看著自己的手機，終於衝過去撥了美琴的號碼。

「美琴？」她輕輕的，謹慎的問。

「珮、珮兒！」美琴握著手機哭叫起來，「救我！救我！啊～走開走開！我不是你媽媽！我不是我不是！」她尖銳的慘叫，「我走不出去，怎麼辦？救我！珮兒——」

「美琴？美琴美琴！」珮兒吼了起來，卻只聽到斷線的聲音。

她獃住了。握著手機的手冒出冷汗。

因為，她聞到了甜腥的氣味。和那次「意外」時的感受相同……一種類似血液的甜腥味。

她怕不怕呢？她怕，她怕得要死。

但她還是衝出大門，跑向北四棟。搭電梯的時候她焦躁極了，而且一下子就認出美琴的家。雖然說，她只來過一兩次，但是有種莫名的信心，讓她知道就是這戶。

按了很久的電鈴，卻沒有人應門。她焦急的敲著門，「美琴？美琴！妳在嗎……？」

門卻應聲而開。

門是虛掩的？她不禁毛骨悚然起來。她進了美琴的家，有種奇怪的感覺……像是少了什麼。美琴跟男朋友住在一起，她不在，男朋友總該在吧？

但是沒有半個人。

她每個房間都看過，就是沒有美琴的蹤影。她試圖再撥手機，但是遲遲沒有人來接。

太不對勁了。

她匆匆的衝進管理室，「伯伯！這幾天你看到美琴了嗎?!」

老管理員呆了一下，「我的班沒看到她呢，正覺得奇怪，她不用上班嗎？」

「她男朋友呢？」珮兒更焦慮了，「你看到他了嗎？」

「他們分手了呀。」老管理員訝異，「他搬走快一個月了，還把管理費都繳清了呢。」

珮兒快哭出來了，她急促的說了美琴的求救，老管理員凝重的聽了一會兒，「我去看看。」

他把整棟大樓巡遍，卻不見美琴的蹤影。最後他報警了。

「說不定只是出門了。」警察有點不耐煩，他們站在中庭，而天已經慢慢黑了。

「不，她在電話裡求救。」珮兒忍著淚，「她一定有危險……」不肯放棄的撥著手機，依舊沒有人來接……

這個時候，微弱的鈴聲傳了過來。所有的人都安靜了。珮兒呆了一下，把手機按掉，鈴聲也隨之沉默。她抖著手再撥……微弱的鈴聲飄揚在向晚的淒涼晚風中。

這鈴聲，居然從大門深鎖的托兒所傳出來。

「有沒有這裡的鑰匙？」警察一個箭步跑過去，「叫鎖匠！快叫鎖匠來！」

等鎖匠把大門打開，在佈滿灰塵，空蕩蕩的托兒所裡，美琴縮在角落，眼神呆滯。

「……美琴！」珮兒喊了她一聲。

她像是受到莫大的驚嚇，將鮮血淋漓的小腿縮了縮，尖叫了起來，「不不不！我不是你們的媽媽！我不是我不是！」

「美琴，是我啊，我是珮兒啊！」她哭著，摸到自己胸前的護身符，順手掛在美琴的脖子上。

她呆了一會兒，撲在珮兒的懷裡哭了起來。「好恐怖……我好害怕……」

珮兒扶著她走出去，覺得背後有許多怨毒的眼光瞪著她，她卻沒有勇氣回頭。

可怕的氣味蔓延，怨恨的氣味。

警察撿起扔在門邊的手機，心頭都涼了。這手機摔過，早就沒了電池。那為什麼它還會響……？

每次遇到這種事情，他都會想，什麼職業不好幹，他跑來幹警察呢……？

*　*　*

美琴的狀況不太好。餓了好幾天，又沒喝水，不但有脫水的現象，還營養不良。但是醫生不相信她失蹤了四、五天。

「不可能。」醫生笑了起來，「她可能有點脫水，但不像是四、五天沒喝過半滴水。不過……」他的神情凝重起來，「她受了很大的驚嚇，有先兆性流產的現象……寶寶可能保不住。」

「寶寶？」珮兒嚇了一大跳。

「她懷孕大約八週了。」醫生看著病歷搖頭，「不大樂觀。」

珮兒心情複雜的去探望昏睡的美琴，看她熟睡，躊躇著不知道怎麼告訴她。或許等她精神好一點再告訴她吧……

正要起身，卻被美琴一把抓住手腕。她的目光灼灼，反而讓珮兒有些生寒。「……我的寶寶呢？」

「……還在。」她安撫的拍拍美琴，「雖然醫生說不太樂觀……」

「我要保住她。」美琴的聲音很微弱，含著淚光。「雖然我也想過要拿掉她……但她還是保護我這個懦弱的母親。」

「美琴，妳累了。」珮兒覺得從腳底涼了上來。「好好睡一覺吧……」

「我不敢睡！」她哭了起來，「我閉上眼睛就會看到他們……那些小孩抓我的手，抓我的腳，抓我的脖子……他們是鬼、是鬼……」

一陣陰風吹響了窗簾，日光燈明滅了一下。美琴害怕的抓緊了珮兒的手，昏暗中，強烈的腥味隨著湧現的昏暗襲來，珮兒很怕，怕到脖子整個僵硬了。

昏暗慢慢的靠攏，緊縮，光源越來越小，最後只剩下她和美琴的周圍，薄薄的一圈光亮。

淒慘的哭嚎從昏暗中傳來，無數的小手透著慘青的光：「媽媽！媽媽！我要媽媽……」

她們兩個只能交握著手，緊緊的。卻無法動彈，也無法開口。僵硬的相依著，若有似無的觸感，順著珮兒的小腿上下撫摸，很小很小的手，卻帶著刮刺的爪感。

她們沒辦法動。只能眼睜睜的看著光源越來越微弱，昏暗越來越緊縮，而銳利的爪感已經快要突破光源的保護，在小腿和手臂留下紅紅的印子……

「不要碰我媽媽！」尖銳的叫聲傳了出來。一個渾身是血的小女孩泛著光，浮在美琴的肚子上飄著，張開小小的手臂，「別想碰我媽媽！她是我的媽媽！」

更多的哀號響了起來，幾乎要震破耳膜。昏暗中，更多的小手和慘綠的眼睛，像是野獸般撲了上來，所有的光幾乎都要消失了……

「媽媽……妳以後還會生弟弟妹妹吧……」渾身是血的小女孩微弱的說，「不要忘記我喔……」她轉過滿是鮮血的臉，笑得非常純潔可愛，「媽媽，好溫暖……我最喜歡妳……雖然妳不想要我。但我還是最喜歡媽媽。」

她轉身化成一道紅光，投入護身符中。只有一秒的寂靜，像是點燃了火藥，轟然的放出刺眼的光和爆裂聲，在無數的慘叫中，讓整個房間大放光明。

美琴愕然的，感到下體一陣溫暖，氣味這樣的不祥。「……我的孩子。我的孩子！不要！不要走！珮兒，救救我！救救我的孩子！」她嘶聲哭叫起來，「我要妳我要妳呀！不要離開我！」

*　　　*　　　*

珮兒覺得自己可以動了。她轉身衝出去，「醫生！醫生！」

孩子保住了。

醫生很為難，「……趙小姐，妳還沒有結婚，這孩子也很可能有些毛病。這樣堅持的保住她……」

「她就算是白痴我也要她。」美琴將臉別到一邊，「這是我的孩子。我養得活她的。」

只有珮兒知道她的理由。同樣是女人，珮兒跟著流下眼淚。

「……妳可能必須住院一陣子。」醫生搖搖頭，「我還是得說，不太樂觀。」

醫生走了以後，美琴安靜了很久，沙啞著聲音說，「謝謝。」

「神經。」珮兒咕噥了一聲。

「我住院三天，妳都在這兒。」美琴流淚，「我們也只是球伴……」

「我們是好朋友。」珮兒強調，「難道是我單方面自作多情嗎？」

美琴笑了，又哭了。「……我不是自己進去的。妳知道我一直都很怕那所托兒所。我明明在家裡，只是打開衣櫥而已……」說到當時的情形，她還是打了個冷顫，「我、我看到許許多多的孩子。最大的不超過五歲吧……小的還在地上爬。他、她們的眼睛……都是綠的……」

她以為自己在做夢，愣愣的看著衣櫥裡的孩子。

不對，不是衣櫥裡的孩子。而是衣櫥的門打開，像是通到另一個房間。花花綠綠的布置，散落一地的玩具。

她想把衣櫥的門關起來，卻被無數的小手抓住，拖了進去。那些手……那些細緻的小手……卻長著長長的爪子，抓得她到處都是深深的血痕。

「媽媽！媽媽！」這些小手爭奪著她，像是要把她扯成好幾半一樣……她一面掙扎，一面看著衣櫥的門從虛空中關上……她被困住了。

她從口袋掏出手機，卻發現沒有訊號。

「走開！不要碰她！」一個有力的聲音傳了出來，她的肚子浮出淡淡的光，很小很小的女孩，緊緊的抱著她，「她是我的媽媽，不是你們的媽媽！走開！」

「我沒有嚇到發瘋，是因為她的關係。」躺著的美琴眼淚滑下兩頰，「她一直安慰我，鼓勵我，跟那群鬼周旋。她還拿水給我喝……我的孩子、我的孩子……」

如果沒有親眼看到，珮兒也不會相信吧。但是她親眼看到那個滿身是血的小女孩……

「她本來是乾乾淨淨的！」美琴自責的哭了又哭，「為了保護我，被抓得全身都是傷……為了保護我這個原本不要她的媽媽啊……寶寶……」

在夕陽餘暉中，自責的母親哭泣。珮兒卻看到一雙小小的手，安慰的拍拍母親的肩膀。微笑著依著母親。

珮兒也跟著心酸了起來。

等美琴的情形穩定，珮兒才回家洗澡換衣服。

淋浴的時候，她默默的想。這種事情我處理不來，還是得委託謝先生才行……只是她的荷包不知道撐不撐得住。

這個套房原本是她和邵恩合買的。邵恩後來找了她一次，想給她錢把房子買過去，她拒絕了。也因為這樣，她反而將所有的積蓄換了這個套房。

當然她的荷包很乾扁，但是她實在沒有其他辦法。不過，謝先生是個軟心腸的人，說不定可以凹他給個對折什麼的……

她換好衣服要撥手機的時候，她的手機沒有訊號。奇怪……為什麼手機臨時故障？拿起室內電話，發現一點聲音也沒有。檢查了一下，她的電話好好的插著電話線，電源也還在。

她傾耳聽了一會兒，她的家安靜而祥和，沒有任何問題。但是打開電視，完全沒有畫面，只有沙沙的雪花。電腦接不上網路。

太奇怪了。她拿了鑰匙，打開門走出去等電梯。很可能是大樓的線路故障，她去管理室問問看好了……

等了好一會兒，電梯來了。電梯門開啟中，她看到一個清麗的小女生……大約六、七歲吧，乾乾淨淨的，滿臉甜甜的笑。她正想跨進電梯時，一個大約同齡的男孩子衝過來，將電梯門按關，惡狠狠的瞪著她。

……那家的孩子啊？這麼沒有禮貌。

等了很久，電梯卻停在四樓，動也不動。她不耐煩了，乾脆走樓梯下去。經過四樓時，她好奇的望了望打開的安全門，電梯依舊停在四樓，傳來了童稚的爭吵聲。

「她不是妳媽媽！」男孩子不耐煩的聲音，「真受不了你們，好歹也面對事實好不好？我們永遠都不會再見到我們的父母了，不要作這種沒有意義的事情好嗎？」

「她搶走了我們的媽媽！」女孩子撒嬌的哭了起來，「本來我們要有媽媽了，都是她啦……她把我們的媽媽帶走了！既然這樣，她就要當我們的媽媽！」

「跟妳說這是沒有意義的事情，妳聽不懂？怎麼死了這麼多年還不能接受這種事實？」男孩子提高聲音，「妳已經是鬼了！就是妳最怕的鬼！不要再犧牲無辜的人了！就算不能投胎轉世，也不要忘記原本是人的良心啊……」

「你才是鬼。」小女孩的聲音陰暗起來，「你跟所長陰謀害死我們對不對？你才是罪魁禍首，你才是魔鬼！」

珮兒的血液都快凍結了。她發現她嚇到腿都發軟……也知道自己遇到了什麼。她命令自己快跑，但是眼角的餘光，看到了一白一黑兩道黑影糾纏……

忍不住看了一眼，她覺得心臟差點停止。兩個小孩……或者說兩具小孩的骸骨在打架，擁有一頭長髮的骷髏小女孩，已經將骷髏小男孩的手臂拔斷一隻，正打算把他的頭扭下來。

奔去。

她呆了一會兒，大叫一聲，把兩個孩子都嚇了一大跳。她也不知道自己從哪來的勇氣，一把抓住失去一條手臂的小男孩，不顧掌心傳來毛骨悚然的骨骼感，瘋狂的往樓下奔去。

「妳……妳在幹嘛？」小男孩的聲音都變了，「我是鬼！」

「……我知道。」珮兒的臉都發綠了，「但是你阻止她們害我。我、我若還是個人，能眼睜睜看著你被打死嗎？」她不敢看小男孩的樣子，只是鐵青著臉往下跑。

「……………」小男孩被她抓著，只是怔怔的抬頭看著她。「我早就死了。」

「不要提醒我這件事情啦！」珮兒尖叫，「我、我我我……我還是會怕啊！」

……他第一次，遇到這種人類呢。「往右，他們在前面。」

他變化成普通孩子的樣子，只是少了一隻手。「相信我。」

戰慄的，珮兒抓著他往右邊跑。照著他的指示，這個樓梯像是永遠下不到一樓，但是森冷囂鬧的兒啼卻一直沒有追上他們。

珮兒絆了一跤，她實在太疲倦了，再也跑不動。她已經跑了很久很久，兩條腿都麻木了，「快走！」小男孩焦急的抓著她，「他們要追上來了。」

她知道。因為她開始呼出濃濃的白氣，帶著腥味的寒冷不斷的籠罩過來。「你走吧。」她當然很怕，而且她也不想死。「他們也要殺你的，你能逃就快逃！你是好孩子……將來一定可以投胎轉世，不要忘記你現在的善良喔。」她含著眼淚笑著。

小男孩呆滯的看了她好一會兒，慘綠的眼睛流露出悽楚。「……我可以叫妳媽媽嗎？」

他用獨臂抱著珮兒，「……我也，很想要媽媽。媽媽……」

被他擁抱的時候，珮兒打了個寒顫。但是她沒有掙脫，只覺得，濃重的悲哀流到她的心裡。

「乖孩子，乖孩子。」她很怕死、很怕痛。但是這個時候，她卻沒那麼怕了。

小男孩突然將她一推，露出骷髏的本相，「快走！不走就吃了妳！」他猙獰的往樓上跑去。

珮兒想叫他，卻一腳踏空，從樓梯上滾了下去，發出很大的聲音。老管理員正在巡邏，聽到聲音跑了過來，只看到頭破血流昏迷不醒的珮兒，不禁慌了手腳。

＊　＊　＊

「……我知道妳流年不利。但是妳的時運會不會太低了點？快低破地平線了。」

從昏暈中醒來，珮兒睜開眼睛，只覺得一片白茫茫。好不容易聚焦，她才看到沈音無奈的臉孔。

謝先生在？那她安全了……

但是美琴呢？小男孩呢？

「美琴？美琴！」她狂喊起來，「還有那個小朋友呢？他會被殺啊！」

「冷靜點冷靜點！」沈音也跟她喊了起來，「我聽老伯說過了！妳朋友好端端的在醫院安胎！」

護士探頭進來，「拜託你們安靜點！這裡是醫院！」

兩個人沉默了下來。

「……妳身上有鬼氣。」沈音按了按額頭，「我請人處理過了，但還是有點痕跡。」

她覺得有些刺痛。被小男孩擁抱過的地方，像是烙痕一樣的痛。她摸了摸，好像起了水泡。「……發生了一些可怕的事情……」

「是童鬼。」沈音有些無奈，「我會去把他們消滅的乾乾淨淨……」當然是委託別人去作，他哪有這種本事。

「不不不！」珮兒差點哭了出來，「拜託你不要這麼作。他們當中有個孩子救了我……不然我早就死了……」

「……啊？」這要求讓他為難起來。他早就知道這個社區有人在養小鬼。但他不是警察，養小鬼的人道行又頗高。幾個修道人曾經想要揪出這個邪門的傢伙，卻反而死於非命。

這幾年，芳菲身體越來越差，他又沒有直接接到這種案子，也就擱置不理。

這城市的罪惡太多，他沒辦法每一件都料理。別把他看成救世主。他只是靠著一點天賦混飯吃的人。

「我盡量好嗎？」他更無奈了，「總之，妳別抱太大的希望。」

憂愁的翻著通訊錄。正派點的修道人不碰小鬼，當然也不會有多少經驗。邪門的傢伙自然也認識了一些，但是讓這些人去收童鬼……恐怕有為虎作倀的可能性。

最好當然是交到芳菲的手裡……但是芳菲的小感冒居然變成了肺炎，醫生也說她身體太虛弱，暫時休學靜養了。硬把她叫出來收鬼，簡直是要她的命，萬一唐時突然清醒，這次沈音會真的身首異處……

思來想去，他不是很有把握的打給一個佛門大師，大師也很義氣的答應去看看。

* * *

沈音走沒多久，一個警察來探望她了。

望著有幾分眼熟的警察，珮兒恍然，「你是上回那個管區……」

「嗯，我姓李。」他胡亂的點頭，「李義豐。」他躊躇了一會兒，「嗯，趙美琴小姐沒有大礙了，但是她對於自己的失蹤沒有一點記憶。」

換做是我，我也不敢講。珮兒心裡默默的說。說是被鬼綁架，大概要在精神病院度過餘生，這又何必呢？

李警員咳了一聲，他硬著頭皮問，「……妳知道，尋獲趙小姐的時候，她的手機事實上沒有電池嗎？」

珮兒沒有多說什麼，只是搖搖頭。李警員觀察著她。嗯……她居然沒有訝異恐懼的神情。她一定知道些什麼。

只是他的詢問，卻沒有什麼結果。

李警員焦躁的搔搔頭，唉，好端端的，他作什麼幹警察呢？「大台北市每天都有人失蹤。」他放棄的嘆口氣。「但是這半個月，你們社區失蹤了五、六個女人。」

珮兒的手指揪緊了被子。「……有找到嗎？」

「……有。」李警員的神情很困惑。「有的在樓梯間茫然的閒晃，有的在頂樓。」他硬著頭皮，「有兩個比較特別。一個在通風管找到……」咽了一口口水，「一個在電梯底下……妳知道電梯最底下有兩個大彈簧擋著嗎？她就伏在兩個彈簧中間。」

「有人死嗎？」珮兒的聲音顫抖了。險些她就成了這些人中的一個。

「……沒有。」李警員的頭皮跟著發麻，「但是她們都精神失常了。」

她發抖了，抖得上下牙直打顫，完全抑制不了。

「我不懂。」李警員搔了搔頭，「妳有什麼線索嗎？朱小姐？」

「你、你們……」珮兒想忍住顫抖，卻還是發出搭搭搭的輕響，「你們查過那個托兒所嗎？」

訝異的看她一眼，李警員撫了撫手臂。他也開始覺得冷了。「……照著入園名冊查過。托嬰托兒過的家庭……在意外或疾病中失去了他們的孩子。」

「這種托兒所為什麼存在這麼久！」珮兒吼了起來，她開始掉眼淚，「難道沒有人質疑，沒有人奇怪嗎?!」

「從來沒有孩子在托兒所出事過。」李警員低低的說，「這些孩子都是從托兒所畢業以後才出事的。有的是生病，有的是車禍……並沒有什麼可疑的地方。」

但是這些奇怪的巧合，卻讓他感到不對勁，而且發寒。

「……那所長怎麼死的？」珮兒輕聲問。

「心臟痲痹。」李警員擦了擦額頭的冷汗。他看過檔案照片，說真話，這種樣子也可以用這麼簡單的理由帶過……所長的表情猙獰恐怖到了極點，他的兩隻手幾乎掐進自己脖子的肉。

但是法醫驗屍，確定他的主要死因是心臟痲痹。至於他的手……法醫也有很科學的解釋：因為心臟痲痹的關係，所以痛苦的抓自己的咽喉，不過那不是致命傷。

這些法醫……難道不知道什麼叫做「活活嚇死」嗎？

整個房間陰暗了下來，他覺得很冷，非常冷。像是在陰暗的角落，無形的視線注視著他們。

「走開！通通走開！」珮兒叫了起來，「沒有什麼好聽的！通通走開！」她哭了，很淒慘的哭了起來，「這種殘酷夠了吧？你們也曾經是人啊！就不能有點慈悲心嗎？」

李警員很明白，她並不是叫他走開。在她大吼以後，陰暗居然消失了，被盯著的感覺也消失了。

看著哭得很淒慘的她，李警員只覺得背脊上都是冷汗。「我、我告辭了。如果朱小姐有什麼線索……請通知我。」

他幾乎是落荒而逃的。唉，什麼職業不好幹，他幹嘛幹什麼警察呢……

＊　＊　＊

他這個月真的也滿倒楣的。

討厭來醫院，但是幾乎隔個兩三天就來報到。沉重的嘆口氣，走進大師的病房。大師的樣子還真的滿淒慘的，左手、右腿都骨折了，肋骨斷了三根。鼻樑也斷了，讓他說話的時候齉聲齉氣，真的有些好笑。

但是沈音笑不出來，只覺得心情很沉重。「大師，真的很抱歉。早知道這麼凶殘，真的不該叫你去……」他沉痛的考慮，乾脆硬著頭皮去跟唐時商量，讓她來個一勞永逸算了。

「唉，是老衲學藝不精。」大師很瀟灑的擺了擺手，「放心，我有勞健保。」

這下子，沈音真的笑了出來。「……我找個『專家』去滅了那群小鬼頭。」說到殺戮，唐時絕對是專家級的。當然啦，他要躲得遠遠的，省得她殺得興起，一刀順手結果了沈音。

那個瘋女人誰也擋不住。

「慢來。」大師阻止了，「當中有個孩子天良未泯。老衲有條命在也是他大力維護。不分良莠一概翦除，大傷天和啊。還是以超度為上……也算是功德一件……」（以下省略大師說法三千五百字）

沈音被「灌頂」得頭昏腦脹，卻只能恭敬的唯唯稱是。他雖然是個掮客，但是大師卻是個真和尚，真正慈悲為懷，幫他的忙從來沒拿過報酬。因為這樣，他反而不好意思老是麻煩大師。

要不是珮兒的要求實在太艱難，他沒辦法，才請大師幫忙。

現在管他天和不天和呢。這批小鬼越鬧越凶，早晚會鬧出人命來。雖然怕唐時怕得要死，還是請她出馬吧……

他發寒的摸了摸自己的傷痕。

「唉，造孽啊……」大師嘆了口氣，「沈音，你知道什麼是『養小鬼』？」

「知道一點。」沈音點點頭。開玩笑，他當幽冥掮客也有些年了。「只是第一次看到數量這麼多的小鬼。」

通常養小鬼的人只會養一個。畢竟這種事情很損，而且手續上頗為麻煩，一個就很難得，不好應付了，還養到這麼一大群，真是匪夷所思。

「人心敗壞，莫如此甚！」大師少有怒容，這下還真的是生氣了，「電視影響甚廣，居然還拿這個來大作文章！甚至還有不肖之徒拿所謂的『古曼童』兜售！孩兒無啥罪孽，夭折也馬上投胎轉世，居然為了區區名利，拘了小兒魂魄遂私欲！這些孩子因此染了血腥，添了罪孽，是誰的錯呢？若是假的，不過是誆騙世人。偏生是真的！還特意挑選資質優異的孩童……其心真該萬誅不贖其死！」

大師這套文謅謅的話讓沈音愕然了。他張著嘴，只覺得胃不斷的翻攪。「大、大師……你是說、你是說，這些小鬼本來不會死……是、是『製造』出來的？」

大師蒼老的怒容更甚，長嘆了一聲。

利用托兒所的名目，好物色適合的小鬼？天哪……怎麼會有這種喪心病狂的人……他真不想知道實情。如果不知道，就可以乾淨俐落的滅了他們……現在他知道了，怎麼敢去跟唐時開口？

他心情非常沉重的離開了醫院。

＊　＊　＊

跑到警局去調資料，他沉默了很久。大師果然修為高深，真如他所料。但是大師都被整成這樣……別人去豈不是連骨頭都不剩？

「我只是掮客，可不管殺進殺出的。」他自言自語。

說是這樣說，他卻睡不著。嘆了口氣，他翻身起來翻通訊錄。這下他沒選擇了，但是不管正派邪門，聽到是那群小鬼，通通掛他電話。

萬不得已，他打電話給宋明理。「……明理，有個案子……」

「讓大師掛彩那一個？」明理問了，「再見。」他很乾脆的掛了電話。

沈音悶極了，還是又撥了明理的電話，「不然宋伯伯有空，還是宋叔叔有空？」

「你知道他們整年忙個不停，沒空來。」明理比他更悶，「你覺得這檔事情好辦？我滅不了他們。」

「沒要你滅了他們，」沈音趕忙說，「要超度。」

「再見。」明理又掛了他的電話。

抓起外套，沈音乾脆殺到他家去。

沈音好說歹說，明理就是不肯，兩個人越講越大聲，惹得明理火都冒出來，他衝上前想把沈音丟出家門……又滿臉恐懼的倒退三大步。

小朱發出嘶嘶的聲音，美麗卻恐怖的面容滿是殺氣。

「你、你……」明理快嚇死了，「你怎麼、怎麼被被被被這種妖、妖物……」

沈音趕緊按住小朱蓄勢待發的纖細手臂，「你仔細看嘛！仔細看她還滿美麗的……」一面死命作眼色。

嚇得臉孔發白的明理總算沒失去理智，看懂了他的暗號。顫抖著聲音，「嗯……是我眼花，我、我不知道你帶漂亮小姐來。」他大喘幾口氣，「你、你最少也給我個心理準備。」

「我沒注意到她跟來。」

小朱冷靜下來，又縮在明理背後的陰影中。

明理灌了幾口酒，又細細打量了一下。他不再提拒絕，反而仔細的問小朱的來歷，又把來龍去脈問個清楚。

「……我有幾兩重，你最清楚。」他嘆口氣，「你覺得我行嗎？」

「不行我會來求你嗎？」沈音精神為之一振，「你行的！反正……也沒其他人可以倚靠了……」

你這豬頭！明理白了他一眼。要不是他有「保鏢」，真的會痛快扁他一頓。

低頭想了一會兒，「也不是完全不能辦。依我兩件事情。第一，報酬二十萬，一毛也不能少。」

「什麼?!」沈音跳了起來，「你吃人啊!?」

「這是慈善價！」明理揚聲，「你該知道這是玩命的事情吧?!」

靠！他得去哪兒找錢啊？看起來只能往社區大樓管理處那兒敲，敲不敲得到還不曉得哩！盤算了一下，他忍痛應了，「第二呢？」

「第二，你要跟我去。」明理又灌了一口酒。嗯，他在壯膽兼壓驚。

沈音瞪了他好一會兒，很想乾脆掐死他算了。

「你到底選好日子沒有？」隔了幾天，沈音打電話來怒吼，「鬧出人命只差一步了，你到底要選到幾時啊？」

「天時地利人和，你是懂不懂啊？」明理沒好氣，「這種玩命的事情可以隨隨便便……」

「我弄到那二十萬了。」沈音罵了一句粗口，「那個女人殘廢了一條腿！若是再晚一點發現……」他實在講不下去了。

當然，這個被害者也精神失常了。她從頂樓跳下來。該說幸還是不幸，她被「強風」刮得一偏，摔到五樓電梯旁淺淺的陽台上。誰會沒事去看電梯的陽台呢？她差點傷重不治。

要不是老管理員莫名其妙聽到孩子的聲音，探頭出去看，那個無辜的女人可能就這麼死了。

連續的失蹤案終於引起整個社區的恐慌，管理委員會拿出一筆錢，請沈音處理。

他拿這筆錢，實在拿得非常憤怒。

「……好，我知道了。」明理很無奈，「明晚子時，你在大樓管理處等我。記得帶上你的寵物，早點到啊。」

「一定要選深夜？」沈音遲疑了一下。

「照你我的生辰八字，沒有更好的時刻了！」明理也大聲了，「可以的話我也希望再拖一個禮拜啊！但我的心也是肉作的，哪能繼續拖下去啊?!」他忿忿的摔了電話。

這是個勉強選的時刻。把握？他怎麼可能有把握。這段日子他也不是白混的，調查過那個所長的事情。

這傢伙還是出身道門的呢，用的是正統的「柳靈兒」。這解釋了他為什麼可以操縱這麼多小鬼，還役使這些小鬼幹了不少壞事。許多追查他的同道都是被小鬼害死的。

只能想辦法將他們一網打盡，然後慢慢感化超度吧。沒有沈音的「寵物」，他絕對不敢接。就算有，他的勝算也很微小。

收拾起道器，他很沉重的嘆口氣。不可為而為之……正因為他也是個人，心也是軟的啊……

＊　＊　＊

和沈音會合後，他遞了瓶酒給沈音，「先喝個幾口。」

祓禊還得喝酒？他皺著眉喝了幾口，「道門還有喝酒這種規矩啊？」

「沒有。」明理很坦白，「但你會感謝我的。喝酒壯膽兼壓驚。」

沈音沒好氣的瞪他一眼，兩個人提著手電筒，並肩默默的走過廣大的中庭。最近的失蹤案引起很大的恐慌，幾乎沒有人敢在夜間亂走，尤其是女人。

一片寂靜中，他們走近了北四棟。陰森森的托兒所，緊閉的大門像是怪物的嘴。只是靠近門，兩個人的口中就呼出白氣。初秋而已，卻已經寒冷宛如隆冬。

「開門。」

鑰匙轉動，沉重的門打開來，逼人的寒氣宛如煙霧，席捲而來。喝下去的酒發揮了效益，讓他們不至於凍僵。

明理將門大開著，用紙錢塞實了卡住，走進滿布灰塵的托兒所。搬了張桌子過來，明理開始佈壇，「小朱小姐有跟來嗎？」

沈音愣了一下，「有。」

「請她織個八卦網，可以嗎？」

……這要幹嘛？「要織在哪？」

「織在壇上。」

雖然覺得明理的要求很詭異，他還是輕聲央求了小朱。小朱從來不會質疑他的要求，化成雪白的蜘蛛，在壇上編織了一面牢靠的八卦網。

吐著白氣，明理在八卦網上，開始布置法器，點起蠟燭，燃香。

「滾。」陰暗中，一個小小的人形凝聚。森冷的綠光像是野獸的眼睛，「讓我們安靜好不好？滾出我們的地方！」

明理深深吸了口氣，「你們需要什麼？」

「什麼都不要。」慘綠的眼睛充滿了厭惡，「趕緊離開！」

「你們留在這裡，不是個了局。」能夠溝通就有希望，明理趕緊說下去，「你們本來就是好人家的兒女，好好超度以後，還有投胎轉世的希望……」

在陰暗角落的孩子上前一步，是個小小的男孩子，眼神很悲傷。「不要給我們這種不可能的希望。你們把門鎖上好不好？讓我們安安靜靜的待在這裡好不好？我們已經殺了好多人，不可能有任何希望了。他們小，不懂事。你們大人可不可以不要也跟著不切實際？隨便你們要封印還是關我們……留個地方讓我們哭，等我們的陽壽到期行不行……？」

兩個人的心裡充滿了森冷的悲哀，隨著寒氣，不斷的侵襲。

「一定有辦法的……」明理喃喃的說。

小男孩笑了一下，卻沒有歡意。「你們……知道『死』是怎麼回事嗎？」他的聲音輕得像是耳語。

「所長是我爸爸。我媽媽跟人私奔以後，我是他第一個殺死的孩子。」他側著臉，臉孔漸漸腫脹，眼珠子從眼眶掉下來，爬出一隻隻肥胖的蛆。他記憶中的惡臭蔓延，簡直讓人窒息。

「他開始叫我殺人，我卻沒辦法違抗他的命令。」一片片腐敗的肉掉了下來，伴著在地板上扭動的蛆。「然後他要我殺了我最喜歡的同學，因為這樣才可以配成一對，放在罐子裡。這些年，我照他的吩咐殺了好多好多小孩……」肉片越掉越多，露出森白的骨頭，「我沒有忘記我是人……最少我曾經是人。我當作柳靈兒真的太大了……我已經大到有良心了。」

他從陰暗中走了出來，已經完全是骷髏了。「最後，我殺了他。因為我忍受不了這麼多孩子的哭泣了……你不明白嗎？沒人救得了我們……尤其是我！」他猙獰的湊過臉來，骷髏上面還有沒落盡的腐肉，「滾！快滾！再不滾就吃掉你們！」

冷汗緩緩的從他們額上滴了下來。這樣的大特寫任是怎樣鐵膽男兒都會發抖。

「你沒辦法轄治他們，對嗎？」明理靜靜的說。

「對。」雖然只剩骷髏，依舊感到他的傷悲，「跑！就要來不及了！」

「已經來不及了。」明理拿起桃木劍。

大門發出巨響關閉了起來。陰暗中湧出十幾具的孩童骷髏，哭嚎著向他們包圍。小男孩發出尖銳的鬼哭撲向這群孩子。

明理快速的祭起八卦網，卻馬上被撕個粉碎。他的心都涼了。蜘蛛蠱也沒有用嗎……？這些小鬼已經養得太大了，大到超過他的能力了……若不是小男孩拚命迴護他們，他們大概早就粉碎了吧……？

「退！」明理祭起符炸出一條路，「快走啊！」

被嚇呆的沈音驀然驚醒，他跟在明理背後急退。他不知道情形這樣的糟糕……看起來只能讓唐時來掃蕩了……

一聲尖銳的叫聲，天花板跳下了一個滿頭長髮的童鬼，滿口尖銳的牙齒，咬住了沈音的脖子。明理抬頭，不禁膽寒。不但地板上爬滿了童鬼，天花板更是倒爬著無法溝通的年幼骷髏……

沈音不了解，但是他懂。想來這些童鬼都是用人血供養的。養鬼的人既然死了……他們餓了多久？一直壓過飢餓的，是對母親的渴求。

他們如果是女人，搞不好還可以逃過一死。但是他們是男人。

「我們都要死在這裡了……」明理喃喃著。

就在他的眼前，長髮童鬼的頭顱爆裂了。明理趕緊接住癱軟的沈音。

氣得瞳孔通紅的女郎蜘蛛，發出耳朵難以承受的尖叫，將長髮童鬼撕成粉碎。她一直在忍耐、一直在忍耐。因為沈音要她不可以傷害人類。

但是她實在不會分辨亡靈和真正的人類。

她覺得憤怒快要爆裂了她的胸腔……因為她的主人受傷了。她最依戀的主人！她就知道會變成這樣！

女郎蜘蛛衝進了童鬼中，瘋狂的撕裂所有看得到的亡靈。

她不知道的是，明理差點把膽給嚇破了。他知道蜘蛛蠱很厲害，但是不知道殘忍厲害到這種地步……她將這些亡靈殺了又殺，一次次的扯碎，骨骸碎裂得到處都是。因為是亡靈，沒辦法真的死亡，所以一次次重生的承受魂魄碎裂的痛苦。

這些凶猛的童鬼哭嚎著躲在男孩背後，縮成一團陰暗，重重疊疊。

「饒了他們吧。」小男孩跪著承受女郎蜘蛛的凌虐，「他們什麼也不懂，要殺就殺我吧……」

被撕碎殘殺了一次又一次，一次又一次，他越來越不成人形。「饒……饒他們吧……」他下顎骨被扯碎了，連聲音都沒了。但是他跪著，不肯退開。

明理這個大男人，居然落下眼淚。「沈音，沈音！快醒醒……趕緊制止小朱小姐啊！」

但是失血過多的沈音，奄奄一息的昏暈著。明理咬了咬牙，試圖推開大門，大門卻動也不動。

他慌了起來。若是沈音真的死了……看起來別說是亡靈，連他也沒命了……

「夠了吧？」

大門無聲無息的打開，逆光中，溫潤的女子看不清她的容貌，只聽見她溫柔的聲音和止不住的輕咳。「這樣，也已經夠了。」

微微酸甜的香氣蔓延，沖淡了血腥味。

狂亂的女郎蜘蛛露出迷惘的神情，溫順的退到一邊。瑟縮的童鬼們疑惑的望著這個芳香的少女。

甜甜的歌聲響起，細慢綿軟，像是很久很久以前聽過、非常熟悉的曲調。是媽媽的聲音。滿懷信賴的仰望，母親的容顏。其實他們早就忘記媽媽長什麼樣子了……只記得一點點氣味，溫暖的懷抱，還有聲音。

啜泣的聲音漸漸響了起來，越來越大聲，越來越大聲。兒啼的聲音此起彼落，他們依在少女的裙下，慢慢的消失了。

她咳了一聲，嗓眼甜腥，發現手掌都是血。這身體……到底可以撐多久？

「芳菲？」明理呆了一下。他和沈音的妹妹見過幾次面。實在沒發現她這樣的有本事。月光下的她，顯得聖潔，卻是那樣蒼白，像是一抹銀白的影子。

她淡淡的笑了一下，疲倦的坐在沈音身邊，摸了摸他的脖子。「……不打緊的，他只是失了一點血。」在她輕撫下，一眼一眼的血洞居然癒合了，真把明理嚇呆了。

「要不是我看到女郎蜘蛛眼中的影像，恐怕來不及……一劫又一劫。」她的神情更疲倦，像是漸漸枯萎的花朵。依舊芳香，卻逐漸凋萎。

「宋先生，我沒有力氣處理了。」她掩口咳了幾聲，指著角落，「那兒有個暗門……等天亮，請你去照顧他們……」

「妳不是生病嗎？」明理著慌了，「我送你們去醫院。」

「請你照料我哥哥。」她搖頭，「我可以的。」飄然的像是足不點地，她離開了。

明理發了好一會兒的呆。若不是女郎蜘蛛悽楚的發著低鳴，不斷頂著昏迷的沈音，這才清醒過來，趕緊將他送去醫院。

＊　　＊　　＊

「我這個月時運真的很低。」沈音無奈極了，「不到一個月，躺了兩次醫院。」

珮兒靜靜的削著蘋果。本來只是貧血，但是沈音卻在醫院發起高燒，醫生很納悶，找不到傷口，但是沈音卻破傷風。

什麼破傷風？沈音咕噥著，是邪氣滲入，沒有拔除乾淨。明理畢竟是三腳貓道士啊……

「對不起……」珮兒訥訥的說，「是我給你出了難題，害你……」

「沒那種事情！」沈音著慌了，「我不是好好的嗎？倒是妳……還好嗎？」他小心翼翼的問。

後來的事情是聽明理說的。芳菲指的那個暗門，天亮的時候會同警察來看……果然有個暗門可以通到地下室……正確的說，是地下室的夾層。

那個死去的所長，在地下室和一樓之間搭建了一個夾層，地下室原本就是挑高的，加上這個大約一人半高的夾層誰又會注意呢？夾層裡是個詭異的房間，整整齊齊排了十三個玻璃罐子。裡頭滿是黑褐色的半乾液體，還放著一黑一白兩根柳枝，用紅線綁著，細細的刻著生辰八字和姓名。

如果一根柳枝代表一個孩子，總共有二十六個無辜孩子在一個心理扭曲的混帳手裡失去了寶貴的性命，然後殃及更多無辜的人。

大師帶走了二十五個回去供奉照顧，希望他們早日超度，想來是很漫長的過程吧……

但是珮兒卻留下了那個小男孩的柳枝。

「啊？」珮兒有些不好意思的笑，「他都開口喊我媽媽了。而且他本性這樣善良……放心啦，我的欲望不高，不會讓他做壞事。他跟我有緣分，我想好好的照顧他。我跟大師請教過怎麼照顧他了，安啦。」

注視了她一會兒。「……妳還看得到他嗎？」

「看不到。」珮兒搖搖頭，「看不到也沒關係吧？他還是我的小孩啊。」

「嗯……我相信妳把他照顧得很好。」沈音看著拉著珮兒裙子，半透明的小男孩。

他依舊流露出一些戒心，過往的傷痕沒有完全痊癒，弒父的罪孽也不可能消除。

他應該還要當很久的厲鬼……但是他學會把鬼氣收起來，忍耐著不傷害自己最愛的人。

「威威，回家囉。」珮兒招呼著。

「他好像不叫這名字。」沈音記得明理說過那小男孩的名字。

「嗯，我知道。」珮兒精力充沛的笑笑，「過往的名字，就留在過往吧。他現在是我的威威。朱威，不錯吧？」

「這是一輩子的事情喔。可不能隨便棄養。」沈音支著頤。

「哈哈哈，哪個做媽的，會想棄養自己的小孩？」珮兒撐起黑傘，「我是認真的。」

拉著她裙子的小男孩，垂下眼簾。還有些傷痕的臉孔，露出了一個童稚而信賴的微笑。

第三話 另一種意義上的強悍

「要看到什麼？」她瞪大眼睛，張望了很久，只看到一隻雪白的蜘蛛爬來爬去。深深的看了她一眼，他嘆口氣。「這說不定也是另一種意義上的強悍。」望著女郎蜘蛛美豔又有些恐怖的怒容，他幽幽的說了一句。

「到現在，我還常常問自己，為什麼要嫁到這一家來。」媽媽幽幽的嘆了口長氣。又來了。她和哥哥對望一眼，低頭默默吃著麵線。他們兩個人已經洗過澡，換過藥了，哥哥臉上還貼著紗布，她略好些，只是小腿上擦了不少紅藥水，隱隱作疼。坦白講，他們一家人都討厭吃麵線，但是這幾個月幾乎都在吃。

「你們爸爸回來了……」媽媽更沉重的嘆氣，站了起來。「欸！等等！你不要這樣進來！」雖然看不見老媽的表情，但也知道她的臉色很難看，門口一陣火光，老媽點燃了門口的火盆，「過火再進來！」

狼狽的老爸嘿嘿的笑著，跨過了火盆。真的是狼狽啊……他眼鏡破了一隻，另一邊滿是裂痕，衣服髒兮兮的，手肘和膝蓋都是破洞。

「你們也掛彩囉？」一向孩子氣的老爸興高采烈的走進來，「我今天可是特別版的喔！我被砂石車從後面撞到飛起來，還飛過三輛車子的車頂捏！最後倒地被公車輾過去……警察都快嚇死了！公車四個輪子居然都沒輾到我，我還自己爬起來……」

「哇，真屌！」老哥眼中泛著光，「我能不能說這是本月最屌意外？」

「我也這麼覺得欸……」老爸似乎還在回味那驚險的「英雄事蹟」。「你們兩個摔車喔？淺啦，摔成這樣……哪像你老爸福大命大……」

「滾去洗澡上藥啦！」老媽沒好氣的吼，「就不能當心一點？天天摔車，是怎樣啦？保險公司都不想讓我們家保了！你們到底有沒有在看路啊?!」

老爸乖乖的閉了嘴，規矩的洗好澡，老媽把剛煮好的豬腳麵線端給他。

他才剛動筷子……廚房發出匡啷的巨大聲響。插在架子上好好的菜刀不知道為什麼掉進了水槽。全家人瞠目看著廚房的騷動，就在眾目睽睽下，牆上掛著的炒菜鍋、鍋鏟和鍋蓋，一樣樣「飛」進距離半公尺的水槽。

大家低下頭，繼續吃著豬腳麵線。

「唉，」老媽見怪不怪的嘆口氣，「我到底哪根筋不對，嫁到這一家來呢……？」

其實她完全可以理解老媽的怨嘆。他們這一家子，不知道為什麼，平常就大小意外，怎麼樣「乾淨」的房子讓他們住過，都會變成難以解釋的「鬼屋」。

但是逢九鬧得更凶。

更不巧的是，她和雙胞胎哥哥十九歲，老爸四十九歲。這一年，老媽乾脆把火盆放在門口不撤了，天天煮豬腳麵線。據過世的奶奶，老媽的婆婆說，爺爺、曾爺爺，也都是這樣的。

「我是為什麼嫁到這家來啊……」奶奶總是這樣怨嘆著。

可能是這份相同的無奈，他們家根本沒有婆媳問題。嫁到這家來的女人都有種同病相憐的同仇敵愾。奶奶甚至勸過媽媽，孩子生了兩個也就夠了，千萬不要再多生了。

「天天跑醫院也是很貴的。」奶奶當真是語重心長。

細數他們家的災難史，真是多如牛毛。光說謝雙儀就好，她每年都有大災小殃，常常要去保健室報到。車禍還是最平常的，但是被空車撞到，這就不太平常了吧？

但是她已經數不清多少次，被停在路邊的空車給撞了。車主賠得莫名其妙，她被撞得莫名其妙。

跟她一起的同學嚇得哭爹喊娘，去收驚好幾次。還發誓看到空車裡有恐怖的「那個」發動車子追撞，但是雙儀很無奈的什麼也看不到。

不知道是福大還是命大，發生這麼多次車禍，她頂多擦破皮。真的讓她住院的那次，是九歲那年，她和老哥一起回家，從天而降一只神奇的花盆，先是打中了她老哥的腦袋，又打中她的腦袋。

後來查很久，才發現這個花盆是兩百公尺外雜貨店前面的花盆。問題是，老闆指天誓地，這個花盆在他面前飛了起來，然後就不見蹤影了。

老闆最後去收驚，還大病了一場。

她和老哥因為腦震盪雙雙住院，但是除了腦震盪，也只是在頭上多了個包，啥事都沒有，觀察三天就出院了，兩個人不但腦袋健全，考試也都名列前茅。

但是那個陶土作的大花盆都破了呢。

當然，類似的事件層出不窮，雙儀也頗感納悶。直到奶奶有回嚴肅的找她和老媽去見她，她才知道為啥。

當時奶奶的身體已經很不好了，那天卻精神奕奕。她仔細看了看老媽，「阿娟，嫁來我們家真的辛苦妳了。」

老媽嘆了口氣。「媽，妳說什麼話？好好養病吧。」

奶奶搖了搖頭，「雙儀啊，妳也漸漸大了。幸好這代養了妳這麼個女孩子，在妳哥哥娶老婆前，妳還可以幫著妳媽媽擋一擋。這是謝家女人的命，妳要加油啊……」

然後奶奶說了個奇怪的故事。

日據時代，日本警察滅了一個小小的平埔族村落。這是時代的悲劇，為什麼滅、怎麼滅，詳情沒有人清楚。那些日本人很得意的在平埔族的聖地上，蓋了一個很小的神社，在底下做基礎的，是平埔族信奉的神靈。

後來這群日本警察因為種種意外，死得非常淒慘。唯一倖存的，是兩個漢族通譯。也很巧，這兩個人同姓，都姓謝。

當中一個是謝雙儀的祖先，他慌張的辭了通譯的職務，帶著妻兒逃到南部去了。原本以為，死不瞑目的亡靈饒過了他們，哪知道這只是另一個恐怖的開始。

他們世代居住的老宅鬼影幢幢，原本有愧的男主人受不住良心的苛責，上吊身亡了。

「你們世代必定早夭！死得淒慘無比！」淒厲的鬼嚎此起彼落，「漢奸！你們這些為虎作倀的漢奸！」

痛悼丈夫橫死的妻子抬頭怒視，「就算我夫殺了人、當了漢奸，又關我和兩個孩子什麼事?!」她氣得不得了，從廚房拖出一把菜刀，護在兩個拚命發抖的孩子面前，「人死債爛，你們憑什麼索命?!出來啊！滾出個能講理的！說說看我和兩個孩子哪個碰過你們一根寒毛？你們又是憑了什麼可以殘殺無辜？老娘跟你們拚到底！」

不知道是她太悍，鬼也怕惡人，還是她向來善良，沒有弱點可攻訐，這起鬼怪鬧了一夜，就此不再出現。

只是後代飽受意外之苦。

「……奶奶，妳要不要休息一下？」雙儀張著嘴，好一會兒才說得出話。什麼年代了？奶奶是不是病糊塗了？

「媽，妳說這些，我相信。」老媽幽幽嘆口氣，「嫁到這個家來十幾年，我實在太了解了。」

「……媽！」妳幹嘛跟奶奶一起瞎起鬨啊。

「這家的男人哪，都滿沒用的。」奶奶嘆息，「阿娟，妳生了個女兒，是妳的福氣。我沒女兒當臂膀，累到妳來才能歇歇肩。我壽算也到了，還得賴妳多多照顧謝家……」

「媽，妳安心吧。這也是我的家呀，我會把菜刀拿出來，好好護衛這個家的。」老媽倒是很堅決。

……老媽，妳連魚都不敢殺，拿菜刀出來能幹嘛？

奶奶倒像是安了心，微微笑了笑。「這樣我就放心了，我可以去找妳公公抱怨，累了我一世呢……」

沒幾天，奶奶就過世了。這是她十六歲時發生的事。

之後發生的事情，可精彩了。

睡到半夜迷迷糊糊，她被老媽一陣猛搖。「幾點了？」她睜開眼睛，天色還昏暗呢。

「我去把妳爸叫回來，妳去拖回妳哥。」老媽沒好氣，塞了把菜刀給她，「看到什麼別驚慌，拿著菜刀罵就對了。」她拿著另一把，匆匆走出去。

「……媽！妳要去哪？」她嚇醒了。

「妳爸去頂樓了！」她老媽叫著，「妳去陽台看著妳哥哥！真是的，以後把他們綁床上好了……我也是會睏的！」老媽已經跑出去了。

陽台？她拿著菜刀，有點糊裡糊塗的。一跑到陽台……她的心臟差點停了。

她老哥居然在……陽台的欄杆上面散步。

「不好吧？這樣跳下去……」她老哥閉著眼睛，像是跟誰問答著，「會給掃地的阿伯帶來麻煩。」

跟他當兄妹這麼久，她還不知道老哥會夢遊咧！

「老哥，你在做什麼?!」她一急，拿著菜刀指了過來，「你馬上給我下來！」

老哥閉著眼睛轉過身來，像是在望著她。她整個人都發軟了……他們家在十四樓……摔下去可是一團肉餅啊！

「快下來！到屋子裡去睡覺！」她怒吼著，拿著菜刀的手簌簌發抖。

「我們家的女人是很凶的。」哥哥繼續閉著眼睛，夢囈似的說，「我得回去睡覺……」他跳進陽台，搖搖晃晃的走回床上，打起鼾來。

這是怎麼回事？

大門一響，嚇得她跳起來。老爸同樣搖搖晃晃，「我跟你說，我們家的女人很凶……你就不信……」

「別給我搞鬼！」老媽的臉色很難看，「你們不用睡覺，我是得睡覺的！你不知道睡眠不足的女人連鬼都敢殺嗎？快給我滾！」

老爸軟綿綿的癱在地板上，開始呼呼大睡。

「……幫我把你爸爸拖進房間裡。」老媽收了雙儀的菜刀，和自己手上的一起插在架子上。才走回客廳，廚房又乒乒乓乓的鬧了起來。

「別理他們。煩死了……」老媽咕噥著，和雙儀一起吃力的扛著高大的老爸，摔回臥室的床上。

無奈的看了看茫然的雙儀，「……不用怕。看起來是挺嚇人的，但是他們什麼事情也作不到……」

「要看到什麼？」雙儀更茫然了。她只看到老哥和老爸都夢遊還說夢話。

她老媽瞪大眼睛，「妳什麼都看不到？」

「看到什麼？我只看到老爸和老哥在夢遊。」

老媽仔細看了看她，嘆了口氣。「這說不定也是種才能。」

這樣的事情發生了幾次，她漸漸了解，為什麼當家庭主婦的老媽有睡眠不足的黑眼圈。

因為她也有了相同的黑眼圈。

「……老媽，要不要帶老爸和老哥去給醫生看看？」她吃不消了，「夢遊應該有藥醫吧？」

老媽看了她一眼，沒好氣，「我沒帶去過？看到醫生都覺得我神經了。妳老哥和老爸都很好，就是作祟，這怎麼看？」

……作什麼祟？她就沒看到什麼。

「別囉唆了，來幫我撿佛豆。」老媽很無奈的端了一盤土豆過來。

「……老媽，我記得不是撿土豆欸。」她雖然不信這個，但也跟著老媽去拜拜過。

「妳老哥和老爸都不吃土豆以外的豆類，妳以為我不知道啊？」老媽一面剝著土豆殼，一面虔誠的念佛，「別發呆，快來幫忙。」

現在她也深深的感覺到當謝家女人是很倒楣的。

後來聽外婆說，老媽在婚前是很時髦的知識分子，根本就是無神論。不但如此，膽子又小，生平最怕靈異事件。剛出嫁沒多久，天天回來哭著說，婆家有鬼。

結果小孩生完，什麼鬼都沒看到了。

「誰說沒看到？」老媽冷冷的說，「鬧得更凶！但是老公連蟑螂都怕，兩個小孩還在吃奶，我不勇敢一點，這個家怎麼辦哪？」

雙儀還是比較相信科學的說法。或許她老爸和老哥大腦會異常放電，引起靈騷現象。至於夢遊等等，也是因為這種奇怪的超能力，不是什麼作祟。

不過她是很可憐長年睡眠不足的老媽，所以很乖的陪老媽念白衣神咒，撿佛豆。老媽開心，兩個男人才不會老挨老媽的臭臉。

畢竟她什麼都沒看到是不？

就這樣過了三年安靜（？）的生活。只是偶爾得去抓去陽台或頂樓閒晃的老哥和老爸，廚房依舊鬧個不停。

老媽不是沒有做過任何努力……她將鍋碗瓢盆放進櫥子裡，然後鬧到天亮，亂七八糟的堆在水槽。絕望之際，她發狠在廚房安奉了現代人很少人供奉的灶君。

那天半夜雙儀去廚房喝水，抬頭看著那尊凜然的灶君。她真以為自己眼花呢，灶君在她眼前鬍子一撮撮的掉下來，臉上浮現一道道的傷痕。

鍋碗瓢盆大鬧特鬧，飛來飛去。她靜了一會兒，抓起亂飛的菜刀，用力的一剁砧板，「鬧夠了沒有！懂不懂敬老尊賢啊?!」

不知道是不是夜來露水，灶君居然開始流淚……

她伸手將灶君抱下來，放在客廳的茶几上，又去睡了。

「夭壽喔！鬧到把灶君趕出廚房是怎樣啊～」天一亮，就傳出老媽絕望的慘叫。

「是我啦。」她睡眼朦朧的衝去客廳，「是我把灶君抱下來的。」

「…………」老媽對她瞪著眼睛，讓她不得不解釋，「因為灶君的臉被抓，鬍子也快被拔光了……媽，老人家被欺負怎麼好呢？人有人權，神也有神權啊……」

她老媽差點掉下眼淚。

等她放學回來，發現工人正把廚房的小神壇拆下來，安在客廳。老媽正在細心的替灶君「療傷」。用他們美勞課用剩的白膠補灶君臉上的傷痕，還找了瞬間膠把掉下來的鬍子慢慢黏上去。

後來他們家的灶君供奉在客廳，蔚為奇觀。當然，她和老媽都知道，這是體恤老人家，不是指望灶君可以幫他們什麼。

因為，廚房依舊鬧個不停。不過，她也越來越習慣了。

「為什麼我之前都沒有感覺呢？」雙儀嘆氣。

「因為那時妳還沒滿十五歲。十五歲對女孩子來說可是大事呢。」老媽回答。

十五歲，謂之及笄。一滿十五歲，古代的女孩子要束髮加笄，表示成年。也就是說，她長大了，就知覺這些怪事了。

「那老爸和老哥呢？」她有點不開心，「他們也超過十五很多年啦！」

「他們是沒用的男人。」老媽疲勞的嘆口氣，「那兩個沒用的傢伙看到蟑螂還會大叫，妳能指望他們什麼？」

也對。他們除了對著蟑螂大叫，還會夢遊和夢囈，把她和媽媽累死了。

但是即使經歷這麼多怪事，她還是什麼都沒看到。

直到她十九歲這一年，老爸和老哥的夢遊莫名其妙的停止了，但是意外卻產生得非常密集。

也是這一年，她頭一次有了比較像樣的「第一次親密接觸」。

＊　＊　＊

她還記得，事情真的鬧得很大。她美麗的小阿姨，居然未婚懷孕，在醫院裡安胎。說好說歹，就是不肯把孩子拿掉。

這簡直把保守的外公外婆氣死了，聲稱要斷絕親子關係。而且嚴令兄弟姊妹不准去看她。

老人家頑固，姊妹怎麼可能跟著糊塗呢？老媽嘴裡敷衍，還是暗暗去探望照顧。只是很不巧，禍不單行的，她老哥又把腿摔斷了。

「……你是怎麼摔斷腿的？」雙儀真的感到不可思議。

「妳就站在我後面，」她老哥沒好氣，「沒看到我怎麼摔斷的？」

是呀，她是看到了。她老哥踩到自己鞋帶，從樓梯上摔下來。但是……他摔倒的地方，只有樓梯的三階。不到小腿高的高度，摔斷一條腿？

「妳不是謝家的小孩？」他老哥瞪人了，「這很尋常好嗎？」

她發出和老媽一樣疲勞的嘆息。

老媽累得快爆炸，實在撥不出時間去探望小阿姨，「雙儀，去幫我看看小阿姨。她一個人在醫院安胎不方便。」她熬著雞湯，早就嘆不出氣了，「時運有這麼低嗎？老天……」

她默默提著雞湯去探望小阿姨。

到了病房外，正要推門進去，聽到兩個小孩在交談。

「你也不管好他們。」小女生的聲音很幽怨，「現在我能不能出生都不知道……」

「對不起嘛。那時我正在找他們藏起來的女人。」小男生的聲音很無奈，「兩邊都是人命，我看妳還能支撐，再說，妳媽媽命不該絕……那個女人我不去找，是一定會死的。」

「那個阿姨有找到嗎？」小女生關懷的問。

「有。唉，他們居然把她藏在電梯底下。連我都花了好久時間才找到……」小男生靜了靜，「我真的不想再沾上無謂的血腥了。」

雙儀愣了好一會兒，悄悄的打開門。一個渾身是血的小女生和一個滿臉傷痕的小男生錯愕的看著她，颼的一聲，小男孩鑽進掛在床邊的黑雨傘，小女孩沒入床上熟睡的小阿姨身體裡面。

一陣天旋地轉，雙儀差點暈倒了。她、她她她……她到底看到什麼啊？

「雙儀？」小阿姨昏昏的張開眼睛，「妳的臉色怎麼這麼難看？」

「我……我我我……」她嗓眼發乾，好一會兒才出得了聲音，「哈哈哈……沒事，我這幾天大概太累了……」她將雞湯放下，卻毛骨悚然的避開那把黑雨傘。

「妳媽媽呢？」小阿姨示意她坐下，「我不用人照顧啦，護士小姐很仔細的。我也沒什麼大病……」

她緊繃著看著小阿姨，她氣色不錯，有說有笑的，一點也不像被「那個」纏上的樣子。

但是，那個滿身是血的小女孩……？

「美琴，有客人啊？」爽朗的女聲響起，笑嘻嘻的小姐走進來，「剛看妳在睡覺，我去買了牛奶，要喝一點嗎？」

「這是我姊姊的小孩，」美琴笑著讓座，「她姓謝，謝雙儀。雙儀，叫朱姊姊。她是我的好友，朱珮兒。」

兩個年輕的小姐都語笑嫣然，將雙儀的驚懼沖淡了不少。直到珮兒要離開，叫著，「威威，回家了。」然後拿起黑雨傘……

雙儀嚇得全身僵硬。那個滿臉傷痕的小男孩不知道從哪裡出來，抓著珮兒的裙子，滿眼警戒的看著雙儀。

「威威，再見囉。」小阿姨居然微笑的擺擺手，「要聽話喔。」

那個叫做威威的「小男孩」才放鬆了表情，微微的笑了一笑，擺擺手。這還不是讓雙儀心臟差點停止的主因。最主要的是……

她小阿姨的肚子，憑空冒出一隻可愛的小手（不要計較上面都是血的話），也揮了揮。

雙儀不知道自己是怎麼回到家的，她衝進哥哥的房間，把正在照顧病人的母親嚇了一大跳。

「媽、媽媽！」她嚇得語無倫次，「那、那個……小阿姨那邊，有個叫做威威、威威……的、的……」

「叫做威威的小男孩？」她老媽見怪不怪，「妳第一次見到鬼？」

「對。」她晃了兩下，暈倒了。

她老媽搖頭，繼續幫兒子換藥。聽到「鬼」這個字，沒用的兒子也跟著發抖。「抖什麼抖？」她喝道，「像你們老媽這樣見了十幾年，早就不會抖了。怎麼會養出這樣一群沒膽子的小孩……」

等她醒了，變得不敢去廚房……她實在沒有心理準備，去面對「那個」。

但是很奇怪，不管怎麼鬧，她就是看不到。漸漸的，她也感到很神奇，看不看得到，膽子的大小居然差這麼多，她也覺得很不可思議。

她開始佩服臨危不亂、處變不驚的老媽了。

「妳把他們看成是外勞就好了嘛。」老媽不耐煩，「荷蘭人剛來台灣的時候，原住民也以為他們是吃人的怪物。」

老媽的豁達真的很剛強。身為老媽的女兒，她又怎麼能夠軟弱呢？何況她還比她老媽強一點：她看不到。

除了那兩個「小孩」。

硬著頭皮去送了幾次雞湯，又幫著照料小阿姨幾天，驚懼的心慢慢淡了。她覺得老媽說得真對，把他們看成外勞就沒事了。沒多久，甚至還可以聊起天來。

「除了我們，妳看得到其他的鬼嗎？」威威對她放鬆警戒，好奇的打量她。

「看不到。」幸好看不到，不然她會嚇死。她可沒有老媽強韌的神經，「就你們倆。」

威威深思了一會兒，「……可能是有緣分吧。」他小小的臉孔很嚴肅，「不然照妳這種石頭似的體質，怎麼可能看得到我們？」

她可是很感謝這種體質的。雙儀沒好氣的瞪他一眼。

「妳不懂，這種石頭似的體質是很強悍的。」威威的臉孔更嚴肅了，「可以說是百毒不侵，鬼見鬼怕。妳知道為什麼嗎？」

為什麼這小鬼有種老師般的討厭個性？「不知道。」

「因為……」他拖長聲音，「『不承認』，對鬼來說是最大的傷害。」

「啊？」雙儀被搞糊塗了，「我承認有鬼啊。」

威威用種看笨蛋的眼神看著她，「妳感覺得到？聞得到？看得到？」

雙儀搖著頭。她跟她那天賦異稟的老媽不相同。

「妳理性承認，但是情感徹底不承認。」威威很肯定，「就算有鬼在妳眼前死晃，妳也缺乏感受的體質。這是一種可望不可求的缺陷啊！」

幹嘛把我說得跟殘廢一樣？被個小鬼瞧不起，雙儀深深的感到悲傷。

（其實她完全忘記威威是鬼了……）

這天小阿姨有點感冒，發起燒來，她待得比較晚，直到小阿姨退燒才離開。等她從醫院出來，已經快十一點了。

臨走的時候，小阿姨睜開眼睛，「晚了呢……在這兒住一夜吧。」

「不了，我還趕得上捷運。」雙儀笑了笑，「我認床，別的地方睡不著。捷運站就在門外啊。」

初冬，天氣開始冷了。一走出溫暖的醫院，雙儀忍不住打了幾個噴嚏。撫著胳臂，她快步走向捷運站。很奇怪，捷運站明明在眼前，走了好久，就是走不到。

時間雖然不早了，最後一班捷運，應該有不少人趕著搭吧？但是路上靜悄悄的，連隻貓都沒有。

她又打了個噴嚏，有點後悔沒多穿件衣服。繼續往捷運站前進……她依舊看得到捷運亮晃晃的燈光，卻怎麼走都走不到。不然回醫院吧？她思忖著，可能是感冒了，昏沉沉的才會走不到。回醫院打電話叫計程車也比這樣吹風好……

正要回頭，一個低沉的聲音響起：「別回頭。」

她嚇了一跳，眼前站著一個口裡不斷呼出白氣的男人。在昏暗中，他的眼睛閃亮，定睛一看，相貌很普通，像是普通的大學生……但是有種強烈的親切感。

我是不是見過他？雙儀思忖著。仔細想，又無從捉摸。

「繼續走。」他輕輕推了雙儀的背，「千萬別回頭。」

「回頭會怎樣……？」她不明就裡，跟著男子繼續前進。

「……我會希望妳沒有心臟血管上面的疾病。」他苦笑，「走吧，去捷運站。」

雖然莫名其妙，但是想想家裡的兩個男人就釋懷了。男人膽子也不大，只是要硬充面子。說不定他也怕黑，看到她要去捷運站，剛好一起走而已。

只是兩個人一起走，捷運站依舊可望不可即。

「……這麼晚，為什麼在外面逛呢？」男子的白氣越來越濃。真奇怪，有這麼冷嗎？

「我小阿姨發燒了，留下來照顧她。」雙儀解釋著，「懷孕的女人身體特別弱，她又在安胎，很多藥不能亂吃，所以……」

「安胎？」男子苦笑，「妳的小阿姨……該不會是趙美琴吧？」

「咦？」雙儀吃了一驚，「你怎麼知道？」

「我們認識……」男子呼出大團白氣，「就是為了這樣的因果？」

「什麼因果？」雙儀茫然了。

「走吧。」他不再往捷運的方向走，抬頭望了望月亮和星辰，「往這兒走。」

「不是去捷運站？」她小跑步的跟上來。

他勉強笑了笑，也有些驚異。難道她沒發現身後的腳步聲？粗喘、呻吟……哪怕是最遲鈍的人都可以察覺吧？

難道……她是……？

「最後一班的捷運也開走了。」他不動聲色，「我們去公車站吧。」

她點點頭，跟著他默默的走。

「妳叫什麼名字？」他冷不防的問，「我姓謝，謝沈音。」知道名字比較好辦。

「真巧，我也姓謝。」雙儀微微吃了一驚，「我叫謝雙儀。」

沈音點點頭，白氣更甚。看到一家燈火通明的便利商店，「……我有點渴，去買個飲料？」

他們走入便利商店，店員元氣十足的喊，「歡迎光……」那個「臨」卻沒喊出口，臉色死灰的看著他們。

沈音藉著明亮的燈光端詳雙儀，偷偷地鬆口氣。「我請客，要喝什麼？」他們拿了兩罐熱咖啡，但是店員卻死命搖頭，「不、不用了……」他顫著聲音，「本店請客，請客！不、不用結帳……」

怎麼那麼好？雙儀奇怪的看著店員一眼，但是沈音卻拉著她出去了。

「……欸！你神經什麼啊?!」同店的店員叫了起來，「那兩罐咖啡我們得自己賠啊！」

「小、小聲點……」那個店員趕緊翻出阿媽給他的符，「財去人安樂！南無阿彌陀佛……」

另一個店員還想罵，看到地板……卻倒抽了一口氣。

明明只有兩個人進來，但是剛擦過的光潔地板，滿滿的都是骯髒的腳印，沾滿泥土。有的腳印只有半個，還有許多蹄爪的不明印記。空氣中充滿了腐敗的氣味。他鐵青著臉抓著同事手裡的符，也顫著聲音，「南無大慈大悲觀世音……」

越跟越多，唉……沈音心情越發沉重。唯一值得安慰的是，他身邊的無辜女孩的確是人類，而且還是活著的人類。

讓他覺得特別可憐，這無辜的女孩跟他相同，糾纏著永劫的因果。只是他想不通，今天又不是什麼特別的日子，為什麼數量會這麼多、這麼凶惡，在他們身後匯流成一大群厲鬼。

來得及嗎？他在情形還能控制的時候，派小朱去求救。當然啦，他覺得自己神經過敏……萬一是唐時醒著，小朱不免要吃很多苦頭……

但他的預感是對的。這個普通的夜晚，卻特別的凶惡。

他並不想來醫院的。但是芳菲的肺炎，居然轉成閉鎖性肺結核。醫生不懂，但是他懂。她的身體弱，卻勉強自己和邪氣對抗，而這些邪氣和因果反饋在虛弱的身體，就變成這樣。

不管是名義上還是實質上，他欠芳菲太多。再怎麼怕唐時，他還是得來探望住院的「妹妹」。

畢竟他也沒有其他親人。

但是遇到事情，他還是得跟虛弱的芳菲求救。他的心情真的越來越沉重。越來越冷。殘酷的邪氣幾乎讓他站立不住。數量聚集太多了……但是他還是得撐下去。身邊這個女孩什麼都不知道。

「公車站牌這麼遠嗎？」雙儀走得很累了，「還要走多久？」

「不要停。」沈音懇求著，「就快到了……別回頭。」他緊張的抓著雙儀。

雙儀停下來，困惑的看著他。「為什麼不能回頭？」

她轉頭望了過去，想阻止她的沈音忍不住大叫起來。

一一九吧？對吧？叫救護車是一一九吧？沈音開始後悔了，他該去學CPR，心臟痲痹應該還有救吧？

他為什麼沒去學啊？現在眼前有人要活活嚇死啦！就算他這種天天見鬼的人，也臉色慘青，心跳飆得比自強號還快……

好幾張爛糊糊的臉湊在他們面前，有的斷頭，有的扁了半個頭顱，不斷的溢出白白的腦漿，還有人拿著斷掉的手骨，慘笑拍著雙儀的臉。

更恐怖的是，這個破爛鬼軍團幾乎充塞了這條大馬路的六線道，場面壯觀的宛如魔戒。空氣中蔓延著冰冷又強烈的屍臭，啪答啪答的墜落，是腐爛的內臟和污血。

慘了！她會昏倒！她會嚇死！還不用鬼軍團動手，她就會休克死亡了……

她轉了轉眼睛，「什麼也沒有啊。」她還以為有壞人跟蹤他們呢，「你幹嘛臉色這麼難看？」

「妳……妳難道……」沈音臉孔都發綠了，「妳什麼也……也沒看到？」

「要看到什麼？」她困惑了。今天月色很好，台北的天空難得的出現了幾點星星。冷了些，卻是很美的夜色。「你幹嘛一臉見鬼的樣子？」她忍俊不住。

「妳、妳沒有看到……」沈音結巴了起來，那群鬼因為雙儀的鎮靜，更加騷動恐怖，惡臭得令人幾乎昏倒。他們咆哮著攀住雙儀，將爛糊糊的身體黏貼在她的身上。但是卻像是隔了一層薄薄的膜，一點也無法真正的碰到她。

「鬼？」雙儀噗嗤一聲，「怎麼男生都喜歡嚇人？」她笑得很輕鬆，「哪有什麼鬼？我連個飄忽的影子都沒看到。」

眾鬼發出淒慘的哀號，宛如臨死前的尖叫。黏在她身上的厲鬼像是被硫酸潑到，冒出陣陣的青煙，有傳染性的過渡到其他厲鬼身上，原本塞滿六線道的鬼魂大軍，消失的一點影子都沒有。

沈音發著愣，看著空空蕩蕩的大街。直到雙儀連連噴嚏，才將他驚醒。他默默的將自己外套脫下來給雙儀，招了計程車，將她送回家。

在街角，被折磨的只剩一口氣的女郎蜘蛛，瑟縮著。她有些茫然的看著折磨她的劍俠，臉孔慘白的縮回安全的潛意識，不論芳菲怎麼叫，她都不肯出來。

「我討厭那個女人。」唐時只吐出這句話，就驚懼的沉默了。

一物剋一物。芳菲苦笑著幫女郎蜘蛛療傷。說不定，唐時也遇到了她的剋星。也說不定，她找到了真正可以保護沈音的人。

＊　＊　＊

基於某種難以解釋的緣故，他向雙儀告白。原本以為會被發好人卡，更讓他驚異的是，這個少女點頭答應了。

其實雙儀也很困擾，她也不懂，才見一次面，為什麼她會答應。

「媽，我有男朋友了。」她搔搔頭，告訴忙得不可開交的老媽。

老媽看了她一眼，「該不會是妳覺得他沒有妳會很慘，所以才答應的吧？」

她微微一驚，老媽真是見微知著啊！「呃……差不多是這樣……」

老媽長嘆一聲，低頭繼續撿佛豆，「我當年也是這樣。」不過略感安慰，「幸好謝家也就這麼一家，別無分號……再怎麼慘也慘不過我們家。」

雙儀張開嘴，又把話嚥下去。只是巧合啦，剛好都姓謝。再怎麼慘也不會比他們家衰……

等她了解還衰幾百倍的時候，已經來不及了。日後她滿懊悔的，應該看到沈音的寵物就逃之夭夭才對……偏偏她對什麼樣的寵物都沒意見。

沈音讓她看到女郎蜘蛛的時候，真的急出一身汗。完了，生平交的第一個女朋友，就要這樣吹了……他才牽過她的手而已欸！

「你養蜘蛛啊？」雙儀滿好奇的，「有沒有毒？」

沈音瞠目看了看雪白仰臥著裸女的身軀，八隻「手」撐在地上，臉孔在前面嘶聲的女郎蜘蛛，又瞠目看了看完全沒有異樣的雙儀。

「……沒有毒。」他顫著聲音，「妳看她……是什麼？」

「蜘蛛啊。」雙儀覺得很奇怪，「就是白色的蜘蛛啊。」不然還能是什麼？仔細端詳，這蜘蛛有點異樣。

「哇，這蜘蛛還有帶手套欸。」她稀奇的叫了起來，「你還幫她做手套喔？」超小的手套，套在蜘蛛的八隻腳上，她仔細看了看，「啊，是花紋啊……好有趣，她身上還有比基尼似的黑色花紋欸！」

沈音尷尬的看著戴著黑色長手套的女郎蜘蛛，和穿在她身上的黑色內衣褲。他費盡唇舌和苦心讓小朱穿衣服，她最大的讓步就是忍受這些衣物。

「……妳沒看到嗎？」莫非在她眼中，小朱只是隻普通的白蜘蛛？

「要看到什麼？」她的眼中出現茫然。

「……從另一個角度來看，」沈音凝重的說，「這也是一種強悍。」

作者的話

原本對這種題材沒有把握，很抱歉沒辦法寫得更恐怖。套一句謝媽媽的話：「見了十幾年，早就不會抖了。」

我承認我不是什麼陰陽眼，我看不清楚也聽不清楚，但是聞得很清楚。可以聞到那種類似野獸的味道，勉強要形容，很像死老鼠。但是又不只是可以聞到這種惡臭，當然也有舒服的、溫暖的香味。

把我的經歷說出來，嚇到別人，我自己沒有感覺。所以我對恐怖這件事情感到很困擾，也寫不出非常恐怖的小說。

對恐怖鈍感，可以說是驚悚鬼故事的致命傷啊……

但我還是盡力寫寫看了。

當然，這幾篇都是虛構的。但是虛構中總有一些真實才有趣，對吧？我的確住過櫃子壓著浴缸的公寓，當然沒有女郎蜘蛛。有女孩子溺斃在浴缸是真的，但是她沒有作祟。她也只是提供了免費冷氣，靜靜的窩在我們房間角落，讓我們的夏天非常涼爽。

我們要搬家的時候，我問過她要不要一起走，她只是面對著牆壁搖了搖頭。我想她那樣善良，讓我胡扯賺些稿費想必不會見怪吧？

至於童鬼，這是照資料寫的。和類似的「小朋友」打過交道，但是他實在太小，不清不楚的，抱著一種遺憾，我在小說中給了他一個虛幻的圓滿。

小說家本來就是扯謊大師，希望「小朋友」在我的故事裡獲得一點滿足。

至於石頭體質的雙儀，還真的是有文本的。跟她住在一起的時候，什麼怪東西我就沒有感應了。我們很像一正一負的倒楣鬼，我的專長是把普通房子住成鬼屋，她的專長是消滅鬼屋，搭配的很和諧，所以呢，我家還算是滿安靜的。

長長十餘年的租屋經歷，當然是發生很多疑似靈異事件。但是我一直沒有受到什麼傷害……勉強要說有，也只是病了一個月。那是個杵在十字路口的傢伙……

但是沒有更深刻的麻煩了。

翻了翻自己的經歷，要怎麼寫出更驚悚的鬼故事呢？這個問題，一直深深的困擾著我……

蝴蝶2006/9/19

月如鉤

前言

我要先說明，這裡的女主角「唐時」，和「禍胎」裡的「唐時」沒有關係，很單純的同名同姓。只是這本稿子的發源很早，一直都用殘稿的形態留在我的電腦中，所以撞了名。

我也煩惱許久，要不要把名字改一改……但是我一路寫下來，發現這個名字像是自然生成的，居然找不到其他名字代替。所有小說的主角都有其生命與意志，既然她執意要這名字，我也就沒有動手修改了。

這是一篇很悲慘的小說，坦白講，在書寫的時候我的心情也很低沉。當初一不小心把架構弄得太大，我也心煩許久，改來改去就是無法定稿，中間我還大病一場，到現在還無法痊癒，不過所謂大災難之後總有小收穫，這場大病倒讓我把合理的劇情走向定了下來，輕輕鬆鬆的寫完了。

我對古代的故事本來就有其愛好存在。這篇小說殘稿躺在我的電腦裡頭許久，我自己也還滿喜歡的。但是我已經許久不書寫悲慘，因為這種負面情緒總可以讓我低盪。所以就這樣一直擱下來，直到今日。

過去總以為自己可以無窮無盡的寫下去，但是這場突發的大病讓我發現，生命如此脆弱而無常。這讓我感到很悲哀，並且為之警惕。環視自己的眾多殘稿斷頭，若我真呼出胸口最後一口氣，這些殘稿將何去何從？

所以，我應該會把殘稿慢慢寫完，希望給他們最後的結局。至於我自己的結局，暫時我不想去想。

現在每寫完一本小說，我都覺得是跟時間爭贏了一些什麼。當然，我希望可以一直寫下去，直到我的末日。但我不知道，我的末日是哪一天。

或許不會太久吧。

＊　＊　＊

其實並不是怎樣了不起的大病，我也不過是顏面神經癱瘓，有半邊的臉孔毫無表情。另外，我的血壓也太高了，從原本的低血壓突然一飛沖天，醫生都怕我突然中風了。

我變得容易累，無法自然眨眼的右眼常常不自然的流淚、乾澀。當我用腦過度的時候，就會有想吐、暈眩的感覺。

這些其實都是小事情，但我最悲傷的是，我連話都說不清楚了。朋友來家裡探望我，反而讓我因為緊張更口齒不清，失去了一半的表情，我也知道自己看起來很奇怪。

原本以為，我早脫離了介意容貌的年紀，卻沒想到我會為了無法控制自己的表情，坐在床上痛哭失聲。

我還沒學會跟這病和平相處吧？

或許我永遠不會好了，也或許，我會病到最壞的結果。但是，又怎樣？

我還是想寫下去。

所以，我一面皺眉喝著藥湯，一面在電腦前不斷的打字，絞盡腦汁架構劇情。正因為時間有限，所以我不能怠惰。我知道我會致病是因為極度的憂慮和煩惱，到了這種地步，憂慮和煩惱都是無用的，還不如借有限光陰，寫下去。

生命本身毫無意義，唯有寫作方彰顯他的價值，於我而言。

希望我可以一直書寫到末日為止。

楔子 生離

她不知道這是怎麼回事。

前一刻還還歌舞喧囂，尋芳客大聲划拳，姑娘獻媚，間雜著絲竹管絃。她雖然從來不喜歡這裡，但是生活了幾年，已經習慣這樣喧譁嚣鬧。

滿臉濃重胭脂，她擺款著羽扇，面無表情的旋身起舞。

只是一轉身，所有的人都安靜下來。像是聽見了什麼無聲的號令。

鮮紅的月，如鉤，懸在簾外面無表情的窺看著。

一個姑娘突然尖叫起來，惡狠狠的撲向嬤嬤，「妳！妳推我進這火坑，妳是人不是?!連自己的女兒都捨得讓她賣皮肉？妳幹嘛不出生就淹殺我?!」她張嘴，生生的撕下嬤嬤臉上的一塊肉。嬤嬤殺豬似的慘叫，毫不留情的抓向姑娘的臉，尖長的指甲留下了深深的五條血印，橫跨了整張臉。

母女互相殘殺，開膛破肚，滿地狼藉的內臟和腸子。原來怨恨可以讓人徒手撕碎另一個人，原來人是這樣的脆弱。

血腥刺激了所有的人，每個人都開始撕打、叫罵，最後成了模糊的、野獸的嚎吼。唐時看著眼前混亂的一切，不知道發生了什麼事情。

熟悉的寒風陰森森的吹拂著她雪白的後頸，帶著鐵鏽似的腥味。「……這是，為妳準備的儀式。」

聲音彷彿來自地獄，深深的死氣。

噗的一聲，一顆腦袋飛到她的裙裾，鮮血濺到她的臉孔，豔然如桃花。

「殺光你們！你們通通去死！敗類，你們通通是敗類——」終於有人拔出了刀，互相砍殺，沒有武器的人用牙齒、用指甲，將眼前的人撕碎，也被撕碎。

鮮血流滿了歡場的青樓，內臟和腦漿相混成骯髒的顏色。她的眼前充滿了模糊的血氣，只看到殘酷的朦朧。

屍塊散得一地狼藉，肢體不全的人呻吟或哭泣，在地上滾爬著，像是在人間展現著地獄的慘況。

她只能跪坐下來看，茫然的。

「妳還活著？」一個被砍掉了右手，腦袋也削去一角的男人狂笑著接近她，「死吧，大家都死吧！反正是人就會死……一起死吧！」

他砍向唐時，卻像是被什麼擋住似的，在脖子上滯了一滯。

應聲而斷的不是唐時的脖子，而是一個小小的桃木符，碎裂成兩半。像是某種禁忌被破除了，唐時睜著無神的眼睛發出尖銳而聽不見的聲音。

所有的呻吟都安靜了下來。因為在她的聲音之下，所有的生靈都死去了。

而「他們」，來了。

帶著野獸的喘息，咻咻嗅聞，來找她了。

愣愣的撿起破碎的桃木符，她本能的知道，自己還是逃不過命定的厄運。

雖然她從來不知道，自己做錯過什麼。

第一話　死別

時值黃昏，薄淨的天空淡淡的舒卷幾絲向晚的雲霓，金光閃爍的落日已然隱在山頭，天色猶亮，白晝之月已經懸在天空了，隱約蕩漾的像是一抹清淚。

兩個身穿粗服，腳著草履，方士打扮的一老一少慢慢的走著，一只破舊的布球從廣大的宅邸門口滾了出來，那老方士站定了，目光犀利的望著那只布球。

小婢跑了出來，撿起那只布球，老方士攔住她，「小姑娘，請問尚書大人在否？這只小布球又是誰的？」

小婢好奇的看了看這一老一少。裝束雖然樸舊，卻洗得發白，老方士鬚眉盡白，但是那雙眼睛銳利如刀，而少年方士卻有張女子般靜好的溫潤臉龐，隱隱有著笑意，而這笑意，卻有種說不出口的威嚴。

她從小生長在尚書府，見識不同於其他下人。這兩個人不平常。倒像是故意用破爛衣服遮掩的達官貴人。

小婢斂了斂襟，「道長，尚書大人正在休息。這球是小姐的。」

「是小姐……？」老方士沉吟了一會兒，點了點頭，「小姑娘，煩妳通報一聲。說司馬承禎求見。」

小婢又看了看他們，點點頭，「兩位道長，請稍候片刻。」

他們耐心等了一會兒，總管親自前來迎接，直到內堂，少年方士卻在階下站定，「師兄，我在這裡等就行了。」

「師弟，你不贊成？」司馬承禎皺了眉，「這孩子的氣幾乎觸摸得到，若散漫不管，終究釀成大禍。」

少年方士微笑的搖搖頭，「師兄，我無所謂贊不贊成。只是萬物自有命定。比起華麗的屋宇……」他欣賞的看著春末生機蓬勃的花園，「我比較適合這草莽。」

承禎嘆了口氣，蹙眉進入了內堂。

少年方士悠然的欣賞整理得花木扶疏的花園，蜜樣的繁花充滿空氣，向晚中漸漸的失去清楚的輪廓，卻讓馥郁的花香更清晰、靜好。

這幾天師兄一直心神不寧，煩躁的不斷推算。貪狼星殞落，世間隱隱有股煞氣初萌。

據說貪狼星因為引起天界紛爭，被天帝打下凡間歷劫。然而，貪狼雖主宰「殺戮」與「情孽」，會引起天界慘禍是因為這兩者。隱隱的，他覺得內情不是那麼簡單。

但是師兄卻心事重重。師兄擔憂這個災星墜落凡間，就算自己安分歷劫，也難免他人的貪婪利用。

師兄肯定知道些什麼，但是他不願多談，只說要渡化貪狼從道修煉，身為師弟的喜葉自然不好多問。

神者難明。誰又知道祂們想些什麼？若是祂們一意孤行要讓災殃降臨，身為凡人只能多為這世道盡力罷了。生是命運……死，也是命運。

倒不如多看看這靜謐的月夜。

只是這種美好的靜謐卻像是被石頭敲開漣漪的湖面，動盪起來。他回頭，看到一個穿著小褂的小女孩，懷裡抱著球。

大概五、六歲吧？容貌姣好的像是最精緻的花蕊，這樣小巧細緻的美麗，吹口氣就可以傷害她。

但是這雙眼睛……太清澈。

這渾沌污濁的世間不適合這樣的清澈。

「你是什麼？」小女孩偏著頭，她乾淨的瞳孔沒有懼怕，甚至可以說，沒有任何情緒。

一方靈透的玉。靈透到先於善惡，只是一片清朗乾淨，他有些恍然。她，就是那小小的貪狼星宿吧——果然如星般乾淨而冷漠。

少年方士蹲了下來，直視著她的眼睛，「我是個人。」不知道為什麼，莫名的感到親切。

但她現在只是個孩子。所有的能力和記憶都被封印起來，只是個單純的、人類的孩子。

誰又願意憐憫她只是個普通孩子？

小女孩搖了搖頭，她還太小，再早慧也尋不出要的字眼。「不一樣……有地方……不一樣。」

少年方士鄭重的點點頭，「妳說得對。」

兩個人默默相視，有種恍然和困惑，像是很久以前就已經相識了，但是三生石上絕非舊精魂。

一直不太喜歡靠近人的小女孩，卻走近他好幾步，好奇的碰碰他的衣襟。

少年方士心裡一動，從衣襟裡拿出一方桃木。小女孩眼睛亮起來，怯怯的伸手，想摸卻不敢摸。

「……有光，會燙……」她喃喃著。

「……這是我寫的第一個桃木符。」這不是小孩子的玩具，但是他卻覺得，應該給她。當初第一個寫下的桃木符居然是個「淨咒」，他自己也很意外。修行多年，早就沒有鬼魅可以靠近他，這個淨咒要來作什麼？

但他就這樣自然而然的寫下來，自己也無法解釋的帶在身邊多年。

「給妳。」這桃木符繫著紅絲線，套在她脖子上居然剛剛好。「這是妳的了。」

很慎重的摸了摸，小女孩把桃木符放到小褂裡，跟長命鎖貼在一起。瞅了好一會兒，「我叫唐蒔。」

少年方士望著她，了解了她父親的苦心。這可能是某個高人的手澤罷？希望這個名字可以壓住她的煞氣和生來的不幸，「草木壓不住妳。逃避不能免去災厄……而人生就是不斷的災與非災。」輕輕揮過她的頭頂，「我幫妳把草木取去。妳叫唐時，嗯？」

唐時望了他好久，「那草木去哪裡了？」

「我這兒。」少年方士笑了笑，「我叫喜葉。」

隔衣撫著桃木符，她沒有情緒的清澈雙瞳出現了稀有的眷戀，「我會再見到你嗎？」

「妳要我來，我就會來。」喜葉像是對大人說話般，非常鄭重。

內堂的門呀然的開了，尚書大人和夫人焦慮憂心的送了承禎出來，「不，道長，說什麼也不能讓小女隨你出家。」

「此女非凡人。」承禎沉重的嘆口氣，「她異於其他孩童，難道大人看不出來？」

看見唐時與喜葉交談，夫人臉色大變的將唐時保護在懷裡，「小女跟其他孩子沒什麼兩樣！」她哭了起來，「就算她比較不愛笑，聰明些，又怎麼樣呢？她不是妖女，不是不是！」

尚書大人望望在母親懷裡不憂不動，沉靜如泉的小女孩，心裡明知道司馬道長所言不虛……但是這是他的孩子，他親愛的孩子！哪怕她是貪狼下凡，也還是他珍愛的掌上明珠！

「道長，她只是個女孩。」尚書大人的語氣軟弱下來，幾乎是哀求了，「嬌養在我府裡，能惹什麼禍呢？等她及笄，我馬上把她嫁出去，到了夫家，她又能惹什麼禍呢？我會好好教導她，一定不會讓她往妖道走……」

承禎舉棋未定，沉吟許久。望了望那毫無畏懼的清澈眼眸，他嘆了氣。

也罷。不過是個女子罷了。如她父所言，一個女子能釀什麼災呢？野心跟熱望只屬於男子。就算她是貪狼星……又怎麼樣呢？尚書自然會好好約束她，不讓她往邪路走。

「貧道明白了。」承禎掠了掠雪髯，「此女就算長成，切莫嫁入帝王家。可否答應貧道？」

「我明白！我明白！」尚書大人不斷點頭，「我會把她嫁到清白讀書人家，一輩子都會有人管束她！請……請司馬道長別提……別提小女的異樣……」

「大道循環萬生，豈有異樣？」喜葉笑笑的回答，「師兄，我們該走了。」

唐時安靜的看著喜葉離去，一直注視到看不見了，還是追逐著黑暗中的影子。

他好亮。光燦燦的，像是不燙人的陽光。

「不管妳是什麼……」尚書大人悲憫的低頭看她，「我也不管妳是不是貪狼。妳是我的女兒，我不會讓妳吃苦。」

這個生下來就不曾哭泣的孩子，只是睜著過分清澄的眼睛，望著他。一歲歲的將她養大，駭然的發現她聰敏得像是生來就帶著智慧，卻情感殘缺的不懂溫柔與愛。

不願讓人抱，也不讓人靠近。終日靜默宛如動物，或是翻著她哥哥也還沒讀懂的書。

現在她也睜著像是可以看到異物的清澈眸子，望著父親。但是那雙眸子終於有了表情，一種幾乎是感激的表情。

輕輕拉了拉父親的袍角，她露出生平第一次的笑容。

或許她在情感上有嚴重的殘缺，但是她誕生的第一種情感，叫做「敬重」。她敬重害怕卻勇敢接受她的父母，這讓他們發出勇氣的光芒，很溫暖。

「爹，我會聽話。」她願意為了這種溫暖聽從，她聽從是因為她願意。

夫人喜極而泣的拉著她進屋，她的眼神飄忽的望向喜葉離開的方向。

其實，她比較想去那邊，去那個人的身邊。不過她什麼也沒說，安靜的跟著進屋裡去。

這是一個月如鉤的夜晚。明亮的彎月懸在天空，像是一抹蜿蜒的天之傷。

*　*　*

天空宛如清澈的湖底，一點雲都沒有。但是這涼爽的山間，豔夏也柔和了起來，隨著山嵐斂起赤炙的裙裾，點點樹蔭，有著金黃小點撒落的陽光。

喜葉伸了伸懶腰。短短的午睡如許甜美，他展眸，望著緩坡上青青的菜苗。

附近人家都叫他「葉道長」。這個美麗卻窮困的山區多住著樵夫和獵戶，也在多半有點貧瘠的梯田艱辛的種點雜糧。

自從十年前喜葉雲遊之後，就拜別了師兄，在此結蘆了，雖然師兄託他整理這十年來蒐集的典籍經冊，時時差人送糧食衣物上山，他除了筆硯紙墨外，其他都謝絕了。

在尊道的時代，道士以化緣維生，常常有富家貴門禮請恭奉，但是他卻遠離城鎮，反而在這個窮困的山區開闢個菜園，養幾隻雞，認真的拿起鋤頭自耕自食。

山區居民多半窮困純樸，對於這位住在緩坡的少年道長總有分敬畏。雖然他相當和藹可親，卻有種威嚴讓居民不大敢去打擾他的清修。但有時家裡有了病人、婦人懷了孩子，或者是婚喪，這個貧困到沒有道士願意駐留的山區，也只能去拜託葉道長。

這位少年道長總是笑笑的，穿起道袍就走。雖然說既沒有擺什麼陣，也不搖著鈴舞著桃木劍，不過是誠誠懇懇的誦經，或者用桃木寫個安產符、平安符，到底是敬獻了心意。

況且道長來了以後，這些年風調雨順，六畜平安，家家也都還有可以下鍋的米糧。對這些居民來說，就已經太好啦。他們也盡力的回報自己所有，或是幫葉道長修修屋頂籬笆，送他一籃雞蛋，幾把菜種，或是幫他積滿屋前屋後的柴薪。

喜葉一直都是含笑著接受這些禮物，只是吃不了用不了的，會悄悄的出現在別個貧病人家的門口，大家也都心照不宣，對葉道長越發誠愛。

只是居民們不知道，這位「葉道長」事實上並沒有出家。

「師父，你為什麼不讓我出家呢？」喜葉輕輕的自言自語，像是與山嵐交談一般。

這是個詭麗的時代。精怪藏於山巔水傍，甚至化為人形步於市街之上。春秋以來萌芽的陰陽家躲過了秦的焚書，用世家傳承的方式直到這個時代，又吸收了道家哲學思想，成了有史以來第一個有系統的宗教——道教。

在這個時代，道教粗顯面貌，卻還沒有系統性的整理。各種宗派各有所長，卻又互有所短。喜葉不願留名的師父是第一個開始整理典籍的高人，傳到大師兄司馬承禎，更因為承禎圓滑的手腕，高超的德行，建立了道教最初的制度。

師父一直樂見所成，但是卻留下遺命，「喜葉繼續清修，不許出家。」

為什麼不許出家呢？連疼愛喜葉的大師兄都訝異，這個師父晚年才收入門的少年得意弟子，為什麼獨獨不許他出家與自己共同努力呢？

但是師命難違，承禎只能皺緊眉，「師弟，師父遺言必有深意。你我資質駑鈍，需細細思索。師父要你不許出家，你且跟在我身邊，四處雲遊尋找蒐集失散典卷吧。」

雲遊十年，師兄弟仍未參透師父遺命。喜葉攬了蒐集而來的典卷，悄悄的在這荒山結廬，整理起浩瀚書海。

身就算未出家，他的心已然出家了。悠然與四時共度，宛如與天地一體、萬物為友。

起了些絲雲，緩緩滑過碧洗的晴空。他遠望，心思清澄，只有種單純的喜悅，緩緩的升起……

只是偶爾，非常偶爾的時候，他會想起那雙沒有情緒，乾淨的眼睛。

不知道那個小小的貪狼星可安否？或許，他和唐時在本質上很接近。只是他習慣用笑來掩飾，而唐時，很誠實的面無表情。

唐時。

突然暗了下來。像是所有的喜悅都被奪走，什麼都不存。只有陰冷和絕望。他極目，卻只見陰風慘慘，慘白的閃電閃爍於天，一抹弦月凌空，宛如天之傷。

斷裂。他看見桃木符斷裂，濺上許多鮮血。他的元神不由自主的被拉出去，像是被無聲的尖叫勾去，等能看清楚周遭時，他正和一個穿著鮮豔舞衣的少女面對面。

她滿手的血污，圓睜著的眼睛像是什麼也看不見。不知道是痴了還是瘋了，她伸手去摸屍體不再流出血的傷口，在露出腸子的慘白無意識的摸索。

望向地上斷裂成數片的桃木符，他輕呼，「唐時？」

那少女望著透明的他，眼眸漸漸的凝聚了焦距。

她的父母……還是沒有遵照誓言嗎？為什麼讓她在這裡……環顧四周，觸目皆是血海。什麼都沒有，只是血海一片，和屍首。

這裡不是唐府。倒臥的屍體幾乎都穿著豔裝，倒像是……像是青樓歌伎之處。

安靜，非常安靜。只有她一個人，和一個沒有身體的元神。

「唐時，妳還記得我嗎？」喜葉悲憫的喊著她，心痛的發現，當初那方靈透的美玉，已經沾了血腥，滲了胭脂，被悲慘浸漬透了，像是永遠洗不乾淨了。

當初該帶走她的。讓她墮入紅塵，變成這個樣子……

「喜葉。」她毫無表情的望著，冰冷的粉唇吐出這兩個字。以為一切都已經遺忘……這種時刻，這種慘絕的時刻，居然想起他的名字。

「去找地方躲起來，好嗎？」喜葉虛空的扶著她的手，「不要怕……我會來帶妳。我們的相識，一定是機緣。既然妳呼喚了我的名字……我一定不會拋下妳。」

她鈍鈍的摸著破碎的桃木符，愣愣的點頭，姍姍的往衣櫃而去。

深深吐納，喜葉返回自己的身體，一起身馬上暈眩欲嘔。師父說，他的資質非凡，身有仙骨。各種修行對他來說輕而易舉。

但是那個從未修煉過的少女……卻可以輕易的讓他元神出竅，召喚到她的跟前。

「我得去把她帶回來。」喜葉自言自語著，甩了甩頭，往草屋飛奔。

凝了凝眉，隨手用麥桿紮了草馬，輕輕念了幾聲咒，轉眼成了匹遍體流金的駿馬。躍上馬背，抓住了馬鬃，他皺了皺眉。

大道循環不已，任何巫與咒都不當隨意使用，有違天和。但是此時非比尋常，他得先去接唐時。

在一切妖異之前。

* * *

她躲在藏著舞衣的庫房，知道外面有許多非人遊蕩。

自從有了桃符以後，唐時已經很久沒看到任何妖異了。只是咻咻的粗喘嗅聞，常常不甘的在她附近的陰暗角落出現，尋找著，翻撿著。

無聲的問：在哪裡，妳在哪裡？快出來讓我吃掉，快出來讓我吸啜妳的一切……張狂的渴望戟刺著，像是看得見的疼痛。

她總是默然，桃符安靜的保護著她。

現在桃符已毀，血腥和殺戮將所有非人都吸引而至。在滿是死屍的流雲閣，另一場更淒慘的殺戮又開始了。

哀號尖叫的人魂被吞噬，經歷另一場魂消魄散的無盡死亡，令人作嘔的野獸氣味蔓延，誰也看不見的妖異盡情的享受鮮血和魂魄，無聲的悲鳴不斷的穿透她的心。

握著破碎的桃符，她知道，很快就會被妖異找到了。他們找了她好久好久，渴望她的血肉、魂魄，和這雙淨眼，什麼都看得見的淨眼。

他們快要找到了。

木牆轟然破碎，一雙帶著濃密毛髮的巨掌伸了進來，爪長逾尺，森然的像是十把長劍。

她的表情一點都沒有改變。

人都會死。就算死法不同，也還是會死。爹娘還在的時候，她因為「敬重」，所以努力的像個正常人般生活。

爹娘因為被牽連而誅九族時，臨刑前要她活下去，她也聽話的活下去。

不管活得是不是痛苦、是不是受盡侮辱、虐待，她一直很聽話的，活下去。

現在該怎麼辦呢？她向來沒有情緒的眼睛出現困惑。剛剛那個想殺她的人，被她殺了。因為她要活。

現在這個妖異……她殺得了嗎？殺不了，就得死了吧？

死，又怎麼樣呢？只是她沒辦法聽話了。

就是這麼一點遺憾而已。當她被巨掌攫住，利刃般的爪子陷入她的身體，除了疼痛，也就是這麼一點遺憾而已。

「我一定不會拋下妳。」在代表死亡的血盆大口之下，她的耳邊響起喜葉的話。

喜葉。

這個名字像是和煦的陽光，藍天絲滑而過的雲，溫潤的湖面，和飄然的柳絮，在她心底勾起一種溫柔的感覺。

「喜葉會來找我。」她喃喃著，伸出滿是血污的手，按著山魈的下巴，「你不能吃我。」

後來發生什麼事情了？她不知道。只知道眼前冒出了瀑布般的鮮血、慘嚎，還有四散熱燙的肉片。

等喜葉終於趕到時，即使是他，也感到一陣陣心寒。遍地的屍首……混著妖異和人的屍首。碎肉、斷肢，滴滴答答的血像河流一般，緩緩的流下階梯。

流金馬畏懼的在血河之外踏步，不肯前進。妖氣和血腥交融，像是要孕育了什麼一般。

歪斜的招牌搖搖欲墜，「流雲閣」三個大字已經讓血污半染。明明在鬧市之中，卻沒有人發現這青樓有任何異樣。

穿過大門，有種令人窒息的違和感。喜葉怔了怔。這流雲閣已經被封印起來，宛如一個巨大的容器，進出不得。

隱隱的殺氣在胸膛裡翻湧，他闔了闔眼，踢起地上一只小石子，慘嚎一聲，一隻似狼大的妖異應聲而倒，殺氣消失無影。

徂如。一種可以引起殺氣的妖獸，卻被好好的保護在一個籠子裡，上面貼著隱符，小石子踢碎了隱符，也擊碎了徂如的頭蓋骨。

徂如，是種古代的妖獸。最喜讓獵物們挑起爭鬥互相殘殺，然後坐收其成。這種殘忍的妖獸幾乎都已經絕種，是什麼人挖出徂如的頭蓋骨，引出妖力？

籠子下，甚至埋著鼉龍的屍體，像是腐肉引來蒼蠅，因此也引來無盡的妖異。

「……是蠱。」這整個流雲閣被當成了巨大的蠱盆，將眾生聚集於此，用徂如引發殺意，最後留下來的生靈就會變成「蠱」。

到底是「誰」留了下來？他還來得及嗎？

他尋找最後的生靈，看見了唐時。

血腥與妖氣在她身邊蜷曲盤旋，像是個蛹將她包裹著。一雙眼睛已經赤若鮮血，跪坐於地，讓血浸漬透了，臉孔帶著茫然舒緩的愉悅。

她揮出手，鮮血化成如雪花般的血刃，擊向喜葉。

但是喜葉比她更快，將手按在她的天靈蓋，知道她已經成蠱，或許再用點力就能讓她解脫……

他不能。

「唐時。」輕輕撫著她的頭頂，「我說過不會拋下妳。」

睜著血紅的眼睛，她看了喜葉很久很久，才像是認了出來。「……你來了。」她鬆手，破碎的桃符掉落在血泊中，脫力的倒在喜葉的懷裡。

還來得及。她尚未殺盡「蠱盆」中最後一個生靈，這個巨大的「蠱盆」裡，有兩個生靈存活。一個是喜葉，一個就是唐時。

她沒有殺喜葉。

他或許無法終止蠱術的進行……只要不讓她殺死自己，她就不會成「蠱」。

「我不會拋下妳。」他壓抑住內心的狂怒和莫名的恐懼，「我帶妳走。」

遙望裊裊黑煙，他的赤炎術正用火焰洗滌流雲閣的血腥與罪孽。

此時他已經將唐時帶到離流雲閣二里外的一處水泉，將她安置在泉中，泉神雖然皺眉，卻順服於喜葉的流符，將她藏在流泉中，命水流幫她沐浴去滿身血污。

喜葉一直沒有出聲，只是沉重的望著黑煙。不斷的忖度著。

到底是誰呢？是誰祭起這麼大的蠱陣，是誰試圖將唐時變成「蠱」？以妖異眾生為蠱蟲，以唐時為蠱源……

是誰有這本事殺死鼉龍，是誰又有這種本事捕殺徂如呢？

就算他毀了「蠱盆」，他也無法終止蠱術。若不是喜葉意外闖入，使蠱術尚未完成……

唐時會怎麼樣？

「你帶著她，會是一種麻煩，大麻煩。」泉神泉醴忍不住提醒喜葉，「只要她殺了你，她會成為天仙蠱。她若不殺你，造蠱者也不會放過你的。」

「泉醴，你知道造蠱者是誰嗎？」喜葉沒回答他，反而丟出問題。

「這種事情我怎麼會知道!?我敢知道嗎?!我名為神，卻只是一介小小山靈，神格很低的！」泉醴跳了起來，「去去去，趕緊把她帶走。她弄污了我一池泉，我得弄個山洪來清洗清洗。不然不知道是仙神靈妖的那個造蠱者找來，我可不是自找死路？」

「不是人？」喜葉抓住想逃跑的泉醴，「不是術士？」

「這我怎麼知道？」泉醴掙脫不開，沒好氣的，「如果是人，那就更恐怖了。萬靈眾生還沒有人那種執念讓人畏懼。不過你看看，祭得出這種陣仗，你以為會好相與嗎？你說啊你?!我勸你既然不忍心殺她，遠遠的帶去丟掉吧。別丟在我這邊就好了……喂，警告你，也別丟在流泉處，隨便哪兒都行，別跟我扯上關係就好了。」

泉醴喚出水流，將昏迷的唐時扔到喜葉懷裡，「去去去，我也得閉關躲災了。」

喜葉抱著溼漉漉的唐時，凝思想了想，沾了沾泉水，在她額頭畫了個「封」。

泉醴張大嘴，「……你要畫也用其他的媒介！你用我的泉！將來我脫得了干係嗎？你說啊你?!」

「你管遍天下泉水，連九重黃泉都是你源頭，怕什麼？」喜葉笑了笑，「借了你這人情，我將來會還的。」

「將來?!」泉醴叫了起來，「你這活不到百歲的短命鬼跟我講個屁將來！認識你真是倒了八百八十八萬年的楣！給我滾啦！」

泉醴馬上躍入泉中，將水流盡收，封了這處泉。

喜葉笑了笑，搖搖頭。嘴巴說得這麼毒，卻幫他清理了一切痕跡。將來若是造蠱者追來，也一無所獲。

他神情凝重了起來，不知道要怎樣平安而隱遁的將唐時帶回去。

「你痴了還是傻啦？短命鬼？」泉醴沒好氣的從乾枯的源頭冒出腦袋，「我幫你竭了一整條地下水脈，你就不會動動腦筋啊？你是巴不得給我惹來更多麻煩是吧？笨道士，真是笨道士！」

喜葉笑了起來，喚來流金馬。隨著泉醴幫他開的地下水道，疾馳回荒山。泉醴一面嘟噥著，一面追著流金馬的馬蹄後，一寸寸的用泉水洗去一切的痕跡。

「若是仙靈神妖，到底有個上司可以告訴。」泉醴埋怨著，「若是你運氣差點，是個人，我看你可就有得瞧的了……」

* * *

一點蹤跡也沒有。

望著黑煙，他不知道是誰破了自己的蠱陣。擅自帶走自己選定多年的「本蠱」，膽量不小啊。

流雲閣毀於赤炎，但是赤炎是修煉幾年就喚得出來的。要憑這個薄弱的線索，追查不易。

雖然天仙蠱還沒完成……但是氣味不可能消失的。但是他居然找不到一點一滴的味道。

方圓百里沒有下到一滴雨，卻土地潤澤，把所有的氣味洗刷得乾乾淨淨。沉吟片刻，他喚，「唐蒔。」

這是他取的名字，就算天涯海角輕喚，都可以得到回應。

一片靜默。

很有趣，非常有趣。他的唇角露出微笑。是什麼術法可以將她掩蓋起來，連呼喚都呼喚不來？

反正他還不急。他有無窮無盡的時間可以追討回來……他不急，一點都不急。

* * *

唐時突然驚醒，眼睛睜得大大的，有種掐緊心臟的恐怖感。

恐怖？她從來沒有感到恐怖過。

「醒了？」喜葉含笑的看看她，「餓了嗎？」

「喜葉。」她輕輕吐出兩個字，覺得自己的心變輕了。那種窒息的感覺消散。

他，真的沒有拋下自己。

半撐起身子，環顧著陌生的屋子。就是簡簡單單的茅屋，連木牆都沒好好的刨光，像是木頭都還是活著的，發出一種淡淡的香氣。她躺著的床是竹子剖半編排的，稍微一動就吱呀響著。用木棍撐著的窗子引進一屋子光亮，窗下的竹桌堆滿了一卷卷的書冊，還有攤開的絹紙上有未乾的墨漬。

但是這個簡陋的茅屋……卻是這麼「乾淨」。

沒有任何帶著惡意的妖異、欲念或者是殘酷。清朗的就像屋主一樣。

「有點簡陋是嗎？」喜葉輕輕笑著，「我再幫妳蓋個好點的……」

「這裡很好。」唐時不知道為什麼，願意跟他說話。家破人亡以後，她被發賣到流雲閣，就因為不肯開口而受盡毒打，最後連老鴇都放棄了，讓她當個舞伎。

她茫然了一會兒，望著喜葉，「……我可以住在這裡？」

滿心的話想問，但是她眼中的脆弱卻止住了喜葉。「當然，只要妳願意，妳可以把這裡當家。」

茫然的眼神有些回暖，唐時沒有笑，卻鬆了鬆緊繃的表情。她閉上眼睛，又睡熟了。

該拿她怎麼辦呢？喜葉有些傷腦筋。內觀她的心靈……越發沉重。

她像是一方靈透的玉，已經整個讓血污滲透了。讓他毛骨悚然的是，這是有計畫的、一點一滴的滲透。

還能做什麼呢？她離魔道，只有一步，很險的一步。

當初該帶走她的……她原本擁有修煉的上好資質，天生寡情無欲，擁有一雙淨眼，又是被貶星宿轉世，就算在紅塵中也能體悟而成道。原本相信，天道循環必有深意。但是現在他卻不那麼確定了。

這一夜，他想了很多，卻又像是什麼也沒想。

第二天，他問著唐時，「……為什麼妳在那裡呢？」

唐時正在吃早飯，眼神一點情緒也沒有，「我被官媒賣到那裡去。」

「……那妳的父母呢？」

「被皇帝殺死了。」唐時的語氣還是很平靜，只是眼睛出現了一絲絲的波動，「皇帝說，我叔叔講他壞話，所有跟我叔叔有關係的人都得死。」她沉默了一會兒，「但我覺得叔叔說得沒錯，皇帝是老糊塗，別人當皇帝還比較好。」

「唐時。」喜葉覺得很難過，還是阻止她，「這話不能對別人說。」

「我知道。」她很少跟別人說這麼多話，「因為是喜葉，我才說的。」

他靜默下來，有種異樣的心酸。「當初該帶妳走。」

「爹娘會傷心。」她拿起筷子繼續吃飯，「爹娘要我忍耐，要活下去。」

喜葉望著她一會兒，「……我會照顧妳的，放心好了。我說過，不會拋下妳。」

她定定的回望，微微的笑了笑，那笑容，像是初綻的豔麗牡丹。雖然是那麼的淡，幾乎看不見。

唐時就這樣住了下來。

荒山的居民當然有些側目和驚訝，但是時日一久，發現這個好模樣的姑娘像是個木偶兒，既不說話也不笑，總是沉默而笨拙的操井臼，不然就是悶頭幫著抄經書，這才知道她有點毛病。

「可惜了呢，這麼好模樣。」隔壁的大嬸兒挺惋惜的，「是小時候發燒麼？這小兒發燒最是要緊，我家狗兒小時候發燒，他奶奶還說不打緊呢！好在我沒聽她的。道長你瞧瞧，隔壁村的阿呆就是小時候……」

喜葉好脾氣的聽著，「唐兒是生來的毛病，大娘您擔待些。她父母都死了，來投靠我。我雖說為道，但總不能不管不是？她也剩我一個親人了。」

孤男寡女的問題，就在喜葉另蓋了間草廬給唐時和含糊的親屬關係下解決了。他讓唐時喊他師傅，唐時很乖的應了，只是常常忘記，還是「喜葉喜葉」的叫，他也不在意。

所有的名字其實都帶著一種力量。他的名字是師父取的，師父替他這個孤兒取這名字，是個非常堅韌，擁有「木」性的名字。而貪狼正屬「木龍」。

她或許什麼都不記得，什麼都被封印了，但是她本能還在吧。

這樣安穩的日子持續下去，喜葉甚至認為，他成功的掩蓋了唐時的行蹤。這位天才道士，開始教導喜葉修道，呵護她，看她一天天長大。

當然，唐時受了很重的傷，而這個傷是別人看不出來的。她依舊離魔道只差一步，她依舊會在夢中驚醒，張著無神的眼睛凝視著虛空。而妖異在喜葉強大結界之外，依舊粗重的喘息嗅聞，想要找出唐時的蹤跡……

但還是一年年的，平靜的度過。他甚至成功的瞞過師兄六年。他當然知道，一個人要扛下這個重擔真的太辛苦了，但他知道師兄會怎麼作。

這些年，為了道教的延續，師兄和宮廷打好關係，成了皇上倚重的「真人」。他懂師兄的想法，救世光靠傳道是不夠的，除非上位者也願意聽。但也因為成為國師，師兄會用最保守的方法禳災。

若是讓他知道了唐時的下落，他大約會將唐時拘禁起來，錦衣玉食的供養。若是唐時真的走進魔道……哪怕只有一絲嫌疑，師兄也會毫不留情的殺了她。

但唐時，完全是無辜的。

不管她獲貶於天是什麼緣故，都跟她這一世沒有關係。上天不仁，但不代表身為人的他得屈從這種謬誤。

或許他根本不把神明當一回事，也或許，他根本不曾相信過神明。

神者而無明。他短促的對自己笑笑。可能，非常可能，太過聰慧，修煉得幾乎可以成為真人是種不幸。他得以與鬼神交通，卻發現神明並不是純潔無瑕的。

這讓他默然並且固執的保護唐時。

或許他不是為了唐時，而是一種抗議。

＊　＊　＊

「喜葉？」唐時將絹紙收起來，「喜葉，我整理好了。但是裡頭有一些錯誤……」

喜葉從沉思中醒過來，含笑的和她討論。他宛如一個植花人，懷著憐愛和驕傲看著越發嬌豔的唐時。

她還是那麼冷淡，還是一點表情也沒有。即使粗布素服，她依舊豔光照人，美得這麼出塵。但是她最美的地方是，她從來沒有意識到自己的美麗，一直不會梳頭的她，總是散著一頭長髮，隨便的綁條粗布巾子。

「妳幾時才學得會梳頭？」喜葉無奈而寵溺的拿起梳子，「已經是大姑娘了，還不會梳頭？將來怎麼嫁人呢？」

「我不要嫁人。」唐時低頭看著典籍，「浪費時間。」

喜葉笑了。真可惜，她若生為男子，說不定還可以這麼灑脫。「……有喜歡的人嗎？」

「我喜歡喜葉。」她依舊面無表情，但是喜葉卻莫名其妙臉紅了。

「……我是道士呢，道士不能結婚。」雖然也是有人成親的，但那不會是他。

「我不是要跟喜葉結婚。」她微露詫異，「但我喜歡跟喜葉在一起。不可以嗎？」

「……可以，當然可以。」喜葉幫她又柔又軟的長髮挽起一個簡單的髻，「我想不出來為什麼不可以。」

說不定可以一直這麼下去？喜葉湧起一絲希望。很單純的，和唐時一起修道。他不想成仙，但是喜葉可以安然的回返天庭，或者和他一起成為真人。

在這荒山，能引起什麼災殃？真正的災殃並不是災星所引起的，而是叵測的人心。

但是他樸素的希望，卻被叵測的人心所毀滅了。

這天，荒山裡突然來了一支華貴的隊伍。

整個村都驚慌了起來。對他們來說，連縣太爺都是神仙般的人物，何況來者是京裡的大官，裡頭還有幾個王孫呢！

雖然他們只是行獵一時興起經過，來之前兩個時辰已經有騎著大馬的錦衣家人先來打點了，村民還是戰戰兢兢的應對，小孩女人都回家關著。

雖說是太平世道，但是能小心就小心點了。附近村子的李家閨女沒避好，讓城裡的官老爺瞧上，抓回去當小妾，沒幾個月，就不知道怎麼死了。荒山雖然貧困，但總是一家團圓不是？

李家閨女死了，到底家裡人還可以暗暗打點，帶回家安葬，免得當孤魂野鬼，這京裡……誰又能送個音訊，誰又捨得自己骨肉呢？

村人們屏著氣息等著，這群駿馬華服的貴族子弟驅著馬進村，肆無忌憚的談笑，正眼也沒看著跪在一旁迎接的村長。

倒是王府管家看不過去，「爺，村長伺候久了呢，別讓老人家跪著。傳到老夫人那兒去，又說您不體恤下人了。」

為首的少年王爺這才抬了抬眼皮，「有勞了。且一旁領賞去，本王略作休息便走，不用伺候了。」

說完瀟灑的下了馬，將鞭子扔到一旁小廝的手裡。村長已經開了大門迎接，少年王爺鐸鐸的走過曬穀場。

伺候的小廝早就將村長的大廳打掃清理過，還帶來了布置。村長誠惶誠恐的讓媳婦兒送上茶，少年王爺將就的漱了一口就放下。

「得了。我們帶來的糧食借個鍋灶熱一熱就好了，這荒山野嶺也不會有什麼好東西。」少年王爺吩咐著，「騎馬騎乏了，本王略歇歇。大夥兒也走走，看時候再打吧。這麼三五隻野雞的，怎麼好意思給父王看？」

管家看他乏了，將小王爺迎進村長家的上房讓他安歇，下面的人看他睡了，也就散了休息去。

這王爺倒是皇上的侄子，姓李名承，是鎮南王的五子。年紀大約二十五，卻還沒有娶親。他的父王要幫他找門親事，他卻非要娶個絕色不可。還放話說，「是丐是伎，哪怕是個痴子，只要是絕世美女，我就願意娶！」

雖然於禮法不合，但是皇太后特別喜歡這個姪孫，又是王府五子，襲爵也輪不到他，鎮南王就隨他去了。只是他相來相去這麼多年，勉強收了兩個妾，卻一直找不到他心目中的美人兒。

久了不免有些鬱鬱寡歡，鎮南王怕他悶出病來，對皇太后不好交代，就要他出來打獵散心。

午睡醒來，發現天有些陰了。他翻身起來，身邊的人看他睡了，也就靠著椅子打盹。他雖然嬌生慣養，倒也心腸不錯。看大家累成這樣，也就沒驚動人，自己打了簾子出去找水喝。

村長家雖然是荒山瓦舍，屋子還是不小的。他初來乍到，一來二去走錯了路，居然從偏門走了出去。

山村僻靜，竹籬山花也頗清新可喜，他信步蹓著，直到瞧見水井，才想到自己渴了。

走近了井，發現井旁有位姑娘正在提水……

那瞬間，他呆了。就像在沙漠中，看到一朵鮮豔欲滴的極盛牡丹。兩泓清冷如冰的清澈眸子只是掠過他的臉，面無表情的下桶汲水。

他覺得更渴。不僅僅是喉嚨的渴，而是打從心底的，飢餓的渴。

「妳叫什麼名字？」李承怕她消失，一把抓住她的手腕。

一抹厭惡掠過清澈的眼睛，她柔若無骨的卸去李承的抓握，「……我不認識你。」沒有必要跟這種人說話。唐時在心裡默默的補上這一句。

「唐時？」剛出診完的喜葉走過來，「我來提水就好了啊，妳跑來做什麼？」

「來等你。」她笑了，極淡極淡的笑容，卻重重的打擊了李承的心。

這個偶然的邂逅，卻成了一切的開始。

李承生平第一次這樣失魂落魄。他只能愣愣的看著那個叫做「唐時」的姑娘漸漸走遠，卻只能呆呆的站在原地。

之後他迫切的問了村長，驚嚇過度的村長期期艾艾的說，唐時是葉道長的親戚，是個半痴兒。而葉道長，是司馬真人的師弟。

村長暗暗的祈禱，他這樣的說法能讓這位少年王爺知難而退。到底沒囑咐到葉道長那兒是他的失誤，皇上好道，司馬真人又皇恩正隆，希望這位少年王爺能看在司馬真人的份上，饒過唐時這個可憐的小姑娘。

李承倒是愣了一下，默默無語。他在荒山住了下來，第二天，就要管家去提親。沒想到葉道長代唐時拒絕了婚事。

要下手搶人麼……又怕一狀告到真人那兒去，皇上最不喜這種禍事。挨幾句罵不算什麼，若是逼得緊了，說不定唐時莫名其妙沒了命。

不下手搶人麼……又怕那個小道士帶著唐時跑了，到時候哪裡大海撈針？

李承想了想，留了人下來監視葉道長和唐時，先回京裡了。他四處央求關係去跟司馬真人說情，但是帝王家怎麼會把這種低微的女人看在眼裡？更不要說是道士的親戚，而且道士在宮廷裡的勢力越來越龐大，已經讓許多貴人感到不安了，鎮南王就很直接的拒絕了李承的要求，要他別胡鬧，連最疼他的皇太后聽說是個半痴兒，不但不幫他，還念他念了半天。

最後李承硬著頭皮向司馬真人說，但是司馬真人先是驚訝，然後淡淡的說，他乃出家人，不涉入這種婚嫁之事。

四處碰壁，李承也暴躁起來，他先是在家砸碗砸盤，鬧了一陣子。發現沒人理他，乾脆在荒山建了行宮，沒事就去住上一陣子。

唐時天天被他糾纏，煩得不得了。後來連大門都不出了，專心在家裡整理典籍。葉道長也吃過這個少年王爺幾句難聽話，喜葉只是苦笑，盤算著要搬家的事情。

但……他們一搬走，遭殃的可能是倒楣的村民。李承早就對村長撂下狠話，若是唐時走脫了，就找他們村子算帳。

遇到人無理的執念，連喜葉都束手無策。或許就這樣耗下去？耗久了，王爺也拿他們沒啥辦法，永遠有更美貌的姑娘出現，唐時不會永遠是最美的那一個。

漸漸的，大家都習慣了那個任性的小王爺。他雖然任性，脾氣壞，但是心腸還是很好的。有時候村裡人出了事，他還會暗暗要管家去疏通；誰家有人過世，會偷偷掉眼淚，要下人拿錢過去幫幫人家。

見識了他暴躁外表下和善的心，大家也就過著尋常的日子，看到他還會發自內心的跪拜，打從心裡尊敬喜歡他。

隔壁的大娘大嬸也會半開玩笑的要唐時嫁他，「那咱們村可多個王爺娘娘了。」

「我只跟著師傅。」唐時連抬頭都懶。

「真是傻孩子呢。」大娘大嬸們也頂多這麼說。想來再美貌的人看久了也不就這個樣子，帝王家怎樣的美女沒有？小王爺這陣子興興頭頭的，久了也該膩乏了吧？

大家都這麼想，命運卻開了他們一個慘酷的玩笑。

* * *

皇上身邊有位國師。

雖然道士為官不怎麼多，但也不是很罕見。當初皇上就想封司馬真人當國師，但是淡泊名利的他，只接受了真人的封號，謝絕了國師一職。

然而在此之前，皇上身邊就有個國師在了。這位國師一直很神祕，幾乎也沒什麼人特別注意到他。儘管他的相貌宛如婦女，光潤若珠玉，但是很奇怪的，文武百官對他卻沒什麼印象，儘管天天同朝。

李承可以說，下意識的害怕他。偶爾遇到了，總是硬著頭皮受他的禮，然後蒼白著臉色轉身就走。

這個人陰陽怪氣的，人不人，鬼不鬼。李承心裡想著。這其實也是文武百官共同的感覺。

這天，李承又在宮裡遇到了國師，他說不出有多不舒服，點了點頭，就想趕緊離開。這個時候，國師抬起臉。

「王爺，你想要的女孩，長這個樣子麼？」

李承盯著國師的臉孔，驚駭莫名。國師的臉孔變了……變得跟唐時一模一樣。

「……對。」他的大腦一片空白。

「我可以幫你。」國師的聲音非常柔軟好聽，但是有種甜蜜的噁心感，「將她寫了自己名字的事物取來……我讓你如願。」

國師行了禮，悄悄的隱沒在黑暗中，鐸鐸而去。

李承愣了很久，國師的臉孔和聲音，漸漸的隱去記憶。但是他像是著了魔，只記得國師的要求。

當天他就去偷了唐時的筆記。因為他知道，唐時有在筆記裡寫上自己名字的習慣。

當他把偷來的筆記交給國師時，其實還有點愣愣的。隱隱約約，他知道有些不妥，但是他說不出是什麼樣的不妥，也不知道為什麼這麼難過。

但他還是把唐時的筆記交了出去。

國師依舊隱匿在黑暗中，看了看字跡娟秀的筆記，上面工工整整的落款：「唐時」。

唐時？不是唐蒔？莫怪喚她不來。

費盡多少苦心推算，甚至到這濁世當帝王師，就是為了這個遭貶的星宿。貪狼貪狼，妳我同為天人時，妳自命清高，總是帶著淫蕩不屑的笑監視著我。仗著天帝信任，明裡暗裡害我多少事，總該想不到有這一天……

怎麼也想不到，妳會淪落成蠱妖，對我唯命是從吧？妳將是我重返天庭最重要的一步棋子……

國師默想著，嘴角彎起嬌媚卻令人發冷的微笑。

「將這給她。」他吩咐著被蠱惑的李承，遞給他一個極小的香囊，「她不要也沒關係，塞到她手上便了。」

掙扎了一會兒，小王爺面無表情的點點頭，拿去了那個香囊。

* * *

唐時覺得頭上有人遮著光，詫異的抬起頭。看到是李承，立刻不悅的皺起眉。這人……真是夠討厭了。天天來這兒糾纏，喜葉只勸她不計較。

她樂意不計較蒼蠅，但若蒼蠅趕也趕不走，她還是寧可拿起蒼蠅拍打死算數。偏生是個人呢……情感鮮少波動的唐時也有點動怒。

但她也只是緊繃著臉站起來，想要離開屋子，冷不防，李承抓住她的手，塞了樣東西到她手裡。

「你……！」唐時只覺得手掌像是被烈火給灼了，想要甩開，那個小小的香囊竟然化在她掌心，引起一陣陣暈眩和劇痛。「這是什麼……」

然後她就失去了聲音。

血。很多很多的血。她只覺得眼前一片嫣紅，除了這個顏色，什麼都看不到。她聾了，啞了，也接近盲了。

一切都只剩下線條，和血的豔紅。

她只看到李承的嘴快速的一開一闔，但是聽不到他說什麼。她看得到李承臉上扭曲的驚恐，但是不知道為什麼驚恐。

全身的血液都被抽乾似的枯竭，疼痛和疲憊像是潮水般湧上來，幾乎把她溺斃。鮮血似的大海。她被沉入了鮮血匯集的大海中。

在痛極和倦極中，她無助的張開口，發出沒有聲音的尖叫。這無聲之聲像是銳利的刀，將她眼前的李承準確的粉碎，只有滿地的肉屑和將整個房間深染的血。

到底是怎麼了？她在斗室裡跌跌撞撞，發出一聲又一聲的哀鳴。她的哀鳴沒有聲音，但是所有聽到的生靈都倒地猝死。

「唐時！唐時！」在混亂的驚慌中，只有這個聲音鎮靜了她，她投入喜葉的懷中，不斷的抽搐。

「不要怕，不要怕……冷靜下來。」喜葉的聲音很鎮靜，「不要害怕……妳記得妳叫什麼名字？那我呢？我是誰？」

我？她迷惘了一會兒，「……我叫唐時，你是喜葉。」

「我說過，我不會拋下妳，對不對？」喜葉的聲音有些虛弱，卻依舊安然。

「對。」

「妳相信我嗎？」

「我相信。」

喜葉笑了。「唐時，我現在知道為什麼師父不讓我出家了。」他抱著唐時，閉上眼睛，「來找我，唐時。妳的時間無窮無盡了……存在下來，來找我。當我們相逢的時候……讓我實現我的諾言。妳願意來找我嗎？」

「好。」她茫然的抬起頭，「但你要去哪裡？」

他溫柔的撫著唐時的長髮，儘管唐時的手腕還插在他的胸口。或許當個真人的福利就是這樣：就算心臟被刺穿了，還有時間可以交代遺言。

「輪迴。我會進入輪迴中，來找我……」他的血漸漸流乾了，時間，真的不多了。

「記住妳的名字，也記住我的名字。妳的出生不是為了毀滅……不管是被毀滅還是毀滅別人……都不對。對不起，我得暫時休息一下……」

摸著唐時的臉孔，他覺得好遺憾，好難過。要讓她一個人孤單的走過荊棘，這比死亡還痛苦。

「妳會來找我吧？」他的聲音越來越低，「會嗎？唐時？」還有那麼多的話想說……

成為天仙蠱不是妳的錯。還保有神智的妳……不該被這種命運播弄。存在下來……不要成了麻木的蠱偶。不要遺忘這世間的美好……不要遺忘我。

還有這麼多的話想說，還有那麼多，那麼多。但是他的神智已經漸漸昏迷，他的身體也漸漸的冷了下來。

恢復視力的唐時，第一眼可以看清楚的，是喜葉蒼白的臉孔……和被自己的手插穿的，胸口巨大的傷。

我？我殺了喜葉？

這太奇怪，也太荒謬了。她咯咯的笑了起來，跟著號啕大哭。

接著，是無法控制的悲傷哀鳴，無聲的哀鳴。

* * *

等國師趕到的時候，他驚訝於唐時的爆發。搜尋了整個荒村，除了死人，什麼都沒有。連一向貪婪的妖異都死絕了。

「……成妖了嗎？」他嘴角彎起一抹殘忍的笑，「逃吧，盡量逃。偶爾站在『正義』這邊，也是滿有趣的呢……」

他笑，在這片宛如墳墓的死村裡，像是禿鷹的尖嘯。

第二話　芙蓉怨

這雨，像是永遠不會停似的。

花轎已經在門口，她抱著唯一的妹妹，眼淚也如雨般無窮無盡。

「抱著她，難道妳要帶著妹妹去？」嬸嬸苦勸著，「快把眼淚擦一擦，上轎去吧。嬸嬸知道妳心裡埋怨，誰讓妳生辰這麼湊巧呢？妹妹交給我，妳為了咱們村子……我若不好好照顧妹妹，我還算是人嗎？」

芙蓉無助的看著嬸嬸，不知道要不要相信她。自從父母雙亡後，叔叔嬸嬸就住到他們家來，說是來照顧她們的。

只是從此有做不完的農事和吃不完的鞭子。堂哥卻去學堂讀書，堂妹則是打扮得漂漂亮亮的，有著丫鬟伺候，大家都叫她小姐。

妹妹也只剩下她，以後誰省下自己的半碗粥，給話都還說不清楚的妹妹吃呢？

「嬸嬸，」她哽咽著，「妹妹小，還什麼事情都做不好……別、別逼她……她才四歲……」

「妳是說我虐待妳們？」嬸嬸變色了，逼緊了嗓門嚷了起來，「天地良心，我是少給妳們吃的還是少給妳們穿的？妳爹娘欠了一屁股債讓我還都沒計較了，妳跟我計較什麼？將來大了嫁到婆家去，什麼都不會，好讓人說我這做嬸嬸的失了教養？說起來做人哪真的是……」

「好了！」叔叔不耐煩了，「妳跟她說這些幹嘛？神巫來接人了，妳還跟她囉唆！」

「快快快，快上花轎去！」嬸嬸慌忙的將妹妹從她懷裡搶走，嚇壞的妹妹哇的一聲哭了起來。

「我、我不去！」芙蓉大哭起來，「除非妳答應我，要好好照顧妹妹！」

「好好好，我答應，我答應妳就是了。」嬸嬸急了起來，罵著旁邊的丫頭，「妳們都死人哪？還不快把芙蓉小姐扶出去？什麼都要我自己動手？」她抱著妹妹哄著，「別哭了，姊姊出嫁呢，等等買糖給妳吃，喔？」

被丫頭架出門的芙蓉哭著回頭，看到張著雙臂的妹妹不斷哭嚷，她的心像是被撕裂了一般。

怕？她當然很怕。但是她更怕妹妹被虐待……這世界上，除了自己以外，還有誰會照顧憐愛她呢？她早就知道，叔叔嬸嬸只是貪她們家財、有血緣的陌生人。

原本希望，等自己長大了，就算嫁到農家勞苦，也可以把妹妹帶在身邊。但是她怎麼也想不到……

她會嫁給河神。

鑼鼓喧天，花轎搖晃。鞭炮沿街燃放，她在硝煙裡聽到帘外歡鬧喜氣的囂鬧，相對於自己的悲泣，真是荒謬又可笑的強烈對比。

這段路程，真是又遙遠又短暫。鳳冠沉重的壓在她眉上，是這樣淒涼的華麗。

「請新娘下轎！」

她被攙扶出花轎，一抬華麗的花床在眼前，她卻抗拒著不肯上去。「我有話說！我最後還有話說！」她喊著，臉上的胭脂早就讓淚水模糊。

「抬上去。」神巫面無表情的說，幾個壯丁硬要把她抬上花床。

「你們敢碰我?!」芙蓉突然湧起莫大的勇氣，「我不是河神夫人？你們不怕我作祟?!」

村人畏縮起來，開始交頭接耳，那幾個壯丁鬆開了手，眼中寫滿了恐懼。

芙蓉抹了抹臉上的雨水淚水，「神巫，村長，元老們……今天我可以甘心去嫁給河神，但是請依我一件事情。」

神巫皺起眉，五年一祭，嫁出去的姑娘幾乎都是在花轎就哭到脫力，架上花床就暈死，少見這樣有膽氣的新娘。

該不會是選錯人吧？她責怪的看了一眼芙蓉的叔叔，拿了不少錢的芙蓉叔叔摸了摸鼻子，低下頭。

「說罷，什麼事情？」神巫不大開心的問。

「善待我妹妹，記住她是河神夫人的妹妹。」芙蓉鎮靜下來，「就算做不到別的……也不能把她也嫁給河神！」

我當什麼大事呢。神巫輕蔑的笑了笑，「這我能打包票。吉時已到，新娘請上花床。」

芙蓉幽怨的看過每個村民，她的目光讓所有的人不自在的別開了臉。

望著無盡的雨絲，她無聲的嘆了口氣，上了花床。四個壯丁將花床抬起來，扛到河心順流飄下。剛開始還飄著，漸漸的，沉重的花床讓河水吞沒，這次的新娘卻不哭不動，滿臉悲愴的望著天，像是在控訴。

控訴蒼天何以不仁。

漸漸的，她隨著花床沉入江心。此後，再也沒有人見過芙蓉。

*　*　*

根本沒有什麼河神。

她沉入河底之後，眼見著自己的屍身漸漸腫脹、腐爛，被魚蝦吃殘了，也從來沒見到什麼河神。

沉在河底的屍身，成為覆蓋著淤泥的白骨，她的鬼魂也困守在這裡，沒有人來接她。

縹緲的河神不消說，連因果報應的陰差都不來，她不明白。

恨嗎？

其實她並不怎麼怨恨……怨恨並不能使她活過來。偶爾在河底聽到漁夫的閒聊，自從她「嫁給河神」之後，一直風調雨順，她的妹妹也過著不錯的日子。

這就夠了，她要求的，也只是這樣。

她耐心的在河底待著，默默的看著水面宛如大理花的燦爛陽光和銀流似的月光。若遇到投水的人，心懷不忍的她會冒出水面，將他們嚇跑。

或許是她沒有怨念，所以她的容貌並沒有什麼改變。村民見多了，都認為她真成了河神夫人，替她塑像在河神身邊，一起受香火。

這種榮耀對我又沒用。她在心裡默默的說。受香火又怎麼樣呢？她還是個連離開這條河都不能的冤魂。聽說陽壽未盡的人死後註定當孤魂野鬼，直到陽壽盡了，陰差才會來帶人。

我到底還要等多久呢？芙蓉無奈的想著。只是她不知道，陰錯陽差的，陰差誤拘了和她同名同姓的同村老婆婆，等發現錯誤要來帶她的時候，受了香火的她卻不是陰差可以帶走的了。

這種小失誤在接近永生的陰曹來說，時間就可以解決。他們也就先撇下了她，讓她在河裡繼續捱下去。若是她積善，說不定可以在生死簿上多添幾句好話，給她些福報便了。

於是，芙蓉繼續在河裡漂蕩，望著大理花般燦爛卻冰冷的陽光。

* * *

她記得，那是一個月色非常明朗的秋夜。

穿了一身紅的她，依舊是生前的模樣，在水面上漫步。當鬼其實沒有什麼不好，不飢不凍不暑，終日悠閒。

但，最是蝕骨，卻是椎心的寂寞。

她不是沒有見過其他鬼魂……但是她的鬼同類都陷在深深的我執中，無法自拔。有的驚怖的哭嚎不已；有的像是得了失心瘋，喃喃自語的隨風來去；也有的除了復仇，什麼都看不到，也聽不見。

連個可以說話的人都沒有，她寂寞極了。

在江心徘徊，放眼望去，除了廣闊流銀般的江水，只有岸邊的蘆葦呻吟著嗚咽。她很想哭，但是只剩下一抹幽魂的她，只能啜泣，卻沒有真正的眼淚。

妹妹過得好不好？幾時會有人來帶她走？

正陷入冥想中，她突然覺得後頸一片刺痛的霜冷。一隻溫潤的手搭在她肩膀上，溫潤如美玉。但是她呼出的氣卻這麼冰寒，連早就失去感覺的鬼魂都為之戰慄。

為什麼我覺得害怕？為什麼我覺得發冷？芙蓉問著自己。她已經是鬼了，為什麼還會有這種怕得全身發顫的感覺？

「……妳看到喜葉沒有？妳看到他沒有？」嬌弱的聲音這樣甜，卻沒有任何溫度和感情。

「我從來沒見過什麼喜葉。」芙蓉本能的回答。她不知道自己還可以開口說話，若是以往，她必定欣喜若狂，但是現在……

她只覺得害怕，非常害怕。

像是被什麼冰冷刀鋒切割過，「她」穿透了芙蓉的鬼體，站在芙蓉面前。

她……很美。芙蓉模模糊糊的這麼想。在她眼前，不知是人是鬼的女子，一頭長髮散著，蜿蜒到江水中隨波漂蕩。穿著簡單的銀白小褂，卻柔弱似不勝衣。容顏絕豔得令人屏息，卻有種恐怖感。

或許是因為她散發著連鬼都害怕的陰寒，讓她美麗的臉龐籠著死亡似的陰影。

「妳看到喜葉沒有？」她湊近了些，呼出來的霜氣幾乎凍結了芙蓉的臉孔，「妳看到他沒有？」

「……我說過了，我沒看到。」芙蓉想潛入江水，卻被她一把抓住肩膀。

痛。刻骨銘心的冰冷成為巨大的疼痛。芙蓉自從死後，從來不曾這麼恐懼過。

「我不相信語言。」她美麗而沒有表情的瞳孔直直的望著芙蓉，「我直接問妳的腦子吧……」

這個冒著霜氣的女子，手指掐入了芙蓉的靈體。她像是被蜘蛛咬噬的蝴蝶，連掙扎都沒有能力，只能眼睜睜的看著、感受無數冰寒的絲線侵入她薄弱的靈體，翻攪著生前和死後的記憶，然後漸漸的被吸收、毀滅……

我就要死了，我就要消失了。芙蓉驚恐的想著。難道她還要再死一次？她永遠忘不了死亡前的無助和恐懼。她不怕死，但是不願意再嘗試死前的滋味……

妹妹，可以的話，真想再見妳一面哪……

就在意識即將喪失的那一刻，她一輕，那女子突然將手收回。

「妳……」她嬌弱的臉孔湊近芙蓉，「妳也有妳的『喜葉』嗎？」

我不知道喜葉是誰。但是看到她脆弱的瞳孔，芙蓉心頭一酸，似乎懂她的意思。

「我也想再見妹妹一面。」芙蓉哭了，「但是人鬼殊途，我連離開這條河都辦不到。」

女子惘然的望了她很久，「我叫做唐時。沒有人鬼殊途這回事。人是鬼，鬼也是人。妳若想要離開這條河，我可以幫妳。」

芙蓉猛然的抬起頭，望著唐時。

那個叫做唐時，分不出是人是鬼的女子，飄然的用冰冷的手扶著芙蓉的背，溫潤的觸感卻是這樣霜寒，像是某種打心底發涼的生物，比方說，毒蛇。

這種微帶噁心的觸碰，卻讓無形中禁錮著她的阻礙消失了，她顫巍巍的踏上了岸。

就在她踏上岸的那一刻，這個村子的所有大寺小廟都頹圮了一角。尤其是遠在人們記憶之前的遠古封印，隨著她踏上岸的時候，被人遺忘的風水石都無聲的碎裂了。

當然，沒有人知道，自然也沒有人注意到。

芙蓉當然也不知道。就算知道，她也完全不會在意。她的心滾燙著澎湃的期待。她是這樣懸念，這樣渴望，這樣的想見她那小小的妹妹。

她的母親在生育妹妹的時候難產過世了，不到兩年，父親因為悲痛成疾，也跟著殞命。妹妹等於是父母親遺留給她最後的親人，是芙蓉親手養大的。可以說，她不僅僅是妹妹，還是芙蓉的孩子。

即使死了，她心裡唯一牽絆掛念的，也就只有這個妹妹而已。

幾千個日與夜，十年了吧？她用河底的枯骨默記，已經是十年的歲月過去了。她那小小的妹妹也該有十四、五歲……聘了人沒有？又是聘給誰家呢？

她飄飛得這麼急，完全忘記背後如影隨形的唐時，忘記讓她的靈體幾乎凍僵的霜寒。她完全不在意對著她狂吠長嘯的村狗，也不在意村裡嬰孩驚恐的哭嚎。

她也只是想要見見自己的妹妹而已。

衝進了大門，門神想要阻攔她，卻來不及靠近，已經結霜、成冰，最後在唐時清泠的目光下粉碎消失。完全沒有發覺的芙蓉穿門而入，急切的走進自己的舊居。

那是一個破落的小院落。原本是倉庫，嬸嬸藉口她們姊妹該有自己的閨房，就讓她們在這裡住下。

屋頂總是漏雨，窗戶永遠關不緊。但是，她在這裡做針線的時候，妹妹可以安心的趴在她膝上沉睡。對她來說，這樣就是一個家了。

她穿門而入，只見一室破舊，厚厚的灰塵逾寸，不知道多久沒人進來了。

妹妹不在這裡？她惶恐了一下。也對……嬸嬸答應她善待妹妹，或許妹妹搬進大屋去了？

芙蓉遲疑，轉身正想出去，卻聽到一聲微弱的啜泣。

她僵住了，緩緩的轉過頭去。嬌小的小姑娘面著牆坐在地上，跟當年分別時一樣的身量，嗚嗚的在哭泣。

芙蓉的心突然提的高高的，早就沒有呼吸的她，卻覺得一陣窒息。她緩緩的飄向那個哭泣的小女孩，「……妹妹？洛如？」

那小女孩只是猛然將頭一抬，卻沒有轉過來。芙蓉小心翼翼的將她扳過來，卻覺得一陣陣的暈眩。

她在河底守過自己屍首，也看過不少屍體從她眼前飄過。但是從來沒有想過……她會如此痛苦和悲傷。

她的妹妹……她小小的妹妹，在轉過身時，突然變成十三、四歲的小姑娘，臉孔腐爛了一半，長長的舌頭拖了出來，口水混著腐肉，滴滴答答。眼睛充滿血絲的幾乎從眼眶掉下，不斷的流著血淚。

她的妹妹，她親愛嬌弱的小妹妹……連話都不能說。因為她已經死了，因為她的頸子還勒著麻繩。

這是假的，芙蓉哭著解著事實上不存在的麻繩。這是假的，妹妹……洛如妹妹。妳已經沒有肉體了，這只是死前的痛苦記憶，從生前束縛到死後。

顫抖著解開了麻繩，她的妹妹終於可以將舌頭縮回去，大大的喘了口氣。

即使腐爛了半張臉，她依舊甜蜜的笑。「姊姊，我就知道妳不會丟下我不管……」

撲進芙蓉的懷抱，就像她還小的時候，撲向既是姊姊也是母親的溫暖懷抱。

然後消失了。只剩下一具腐爛成白骨的屍體，跌落在厚厚的塵埃中。芙蓉失神的抬頭，樑上還有一截麻繩，在風中晃晃悠悠。

為什麼？為什麼?!為什麼會這樣？為什麼她的妹妹會死了？為什麼?!

「嬸嬸……妳不是答應我要善待她嗎？」芙蓉尖銳的哭嚎起來，「妳不是說會善待我的妹妹嗎?!」

挾著狂怒的陰風，她衝入了堂屋，飄忽在空中的她看起來猙獰的像是惡鬼。正在堂屋喝茶的叔叔嬸嬸呆了好一會兒，尖叫聲此起彼落，叔叔嚇得跌在地上，爬著往後退，「我就跟妳說早點把洛如安葬了！妳偏不！洛如啊，不是叔叔狠心，都是妳嬸嬸恨妳尋死，害我們損失了一大筆聘金，所以才放妳在那兒風吹雨淋……饒了叔叔這回吧！我馬上去幫妳找最好的棺材，最好的寶地，讓妳入土為安……」

「死沒良心的！」嬸嬸嚇得爬上了神桌，抱著佛像直抖，「要把洛如嫁王大爺當七姨太，還不是你出的主意？現在把事情都推到我頭上？聘金還不都讓你拿去賭光了！我告訴妳喔，是妳自己要去死的，跟我可沒關係！要索命找妳親叔叔去！我初一十五吃齋念佛，我可是有佛祖保佑的！」

「……你把我妹妹嫁給誰？」芙蓉飄近他們，「你們把我妹妹嫁給那個王不仁當妾？」

那個尋花問柳染了一身病，為富不仁還時時虐待妻妾、外號「王不仁」的王仁？

「妳……妳是芙蓉？」叔叔嬸嬸更驚懼了，「妳、妳都死這麼久了，還來糾纏做什麼？」嬸嬸大起膽子，把懷裡的佛像扔向芙蓉，瞬間芙蓉消失了身影。

一地碎裂的佛像，窒息般的寂靜。

「……管家，管家！」叔叔直著嗓子嚷起來，「快去找個道士來啊！」

神巫知道了十年前嫁河神的河神夫人出來作祟，大吃一驚。非常隆重的在芙蓉家辦了一場盛大的祓禊，果然平安了幾天，所有人都相信惡鬼被收服了。

「芙蓉不是成了河神夫人了嗎？」有村民感到疑惑，「怎麼會回娘家作祟？再說，洛如姑娘好好的，怎麼突然死了？」

面對許多疑惑和竊竊私語，叔叔和嬸嬸有如坐針氈的感覺。他們求助似的看著神巫，神巫收了不少禮物和金錢，也不好默不作聲。

「我已經向河神上過奏章。芙蓉婦德不修，已經讓河神大人寫了休書趕回娘家了。哪知道她回家又祟死了自己妹妹，還擾得宅第不安。」神巫淡淡的說。

村民們突然感到濃重的惶恐。芙蓉自從當了河神夫人，這十年內就不曾再有姑娘「嫁河神」。若是芙蓉被休，那……

「如今惡鬼已誅，都是河神大人的庇佑。」神巫和村長交會了一個得意的眼光，「但是河神夫人不能空懸，自然要選聘一位閨女賽祭。」

家裡有閨女的村人不禁臉孔發白，有能力打點的，趕緊盡全力打點，窮困無力打點的，只能回家抱頭痛哭，終日惶惶。

這一年，又開始了「嫁河神」的賽祭。哭得快斷氣的新娘只有一個寡母，寡母哭得幾乎瞎了，卻沒辦法阻止如狼似虎的神巫來抓人。

新娘和寡母的哭嚎，在鞭炮和鑼鼓中淹沒了。盛大卻荒謬的賽祭，熱熱鬧鬧的上場。

這次的新娘倒是乖順。老了不少的神巫滿意的點點頭。她示意村人將哭得昏厥的新娘抬上花床。

「等一等。」在囂鬧中，這清泠的聲音卻壓過一切。「這新娘不夠漂亮，還是另外選過吧。」

神巫瞪大眼睛，在人群中尋找是誰鬧事。「誰？是誰有意見？這是河神大人的旨意，是誰……」

「呵。河神大人的旨意？除了您老人家，還有誰聽到了？還是煩您下去跟河神說一聲吧。」

神巫還在人群中尋找出聲的人，卻覺得身體一輕，然後筆直的栽進河裡，掙扎了好一會兒，就筆直的往河心沉去。

鑼鼓和鞭炮都停了下來。幾千個人的賽祭，卻靜悄悄的沒有一點聲音。過了一刻，那個清泠的聲音又笑了，「讓她去說句話兒，這麼半天還不來？神巫年紀大了，話說不清楚，來個弟子去催一催吧。」

話才剛說完，一個神巫的女弟子慘叫著騰空飛起，又跌入江心，不一會兒又沉了下去。

到底是誰在說話？秋陽有氣無力的照耀著，但是每個人都冒出一身冷汗。轉頭尋找出聲的人，依舊只聞其聲，不見其蹤。

又過了半晌，那個聲音冷笑起來，「婦道人家講話囉唆，還是村長下去催一催吧。」

「不關我的事不關我的事！」村長跪地磕頭，「大仙！大仙！這都是神巫那老不死搞的，不關我的事情……救命啊～」

村長的慘呼劃破寂靜，在江心沉沒了。

「……其實，所有的人都該死呢。」穿著白衣的芙蓉出現在祭壇上，「你們看著別人的女兒去死，心裡慶幸著不是自己的女兒就好，對吧……」

她的長髮漂蕩，半透明的身影，淒豔的臉上有著兩行鮮明的血淚，卻笑得這樣嬌甜，「是不是呢？都該死……全都該死呢。」

發一聲喊，所有的人都逃走了。在推擠中，有人被活生生踩死，也有人被擠下河裡淹死。這場盛大的賽祭，有數百人受傷，死亡和失蹤的有十幾個人。

從這天起，這秋末，突然不斷的下起雨來。恐懼的村民關起門戶，祈禱上天可以垂憐他們。

雨像是永遠下不完似的。

死亡漆黑如鴉的羽翼，在這個村落徘徊著。

芙蓉的叔叔嬸嬸特別恐懼。芙蓉明明是衝著他們來的……神巫死了，村長死了，下一個一定是他們。家裡的下人幾乎都逃跑了，雖然捨不得這棟豪宅和肥美的田產，但命還是比較要緊的。

他們匆匆收拾了值錢的細軟，一家大小想要逃得遠遠的，卻發現他們走不出村子。明明是出村的路，但是怎麼走，就還是兜回宅子。

「都是妳都是妳！」叔叔對著嬸嬸發火，「跟妳說早點把洛如埋了，妳偏要把她擱在那兒長蛆！現在她們來索命了，妳說怎麼辦?!」

「唷，現在又都是我啦？是你把芙蓉賣給神巫賽祭的，洛如的婚事是你主張的，我做了什麼？我說不要埋你就這麼聽話？當初叫你把這兩個死丫頭賣到京城去，你又不聽我的了？要是早早的把這兩個死丫頭賣得遠遠的，今天還要怕她們作祟嗎？」

兩夫妻聲嘶力竭的大罵特罵，女兒嬌養了一輩子，要茶沒茶，要水沒水，父母親又顧著吵架，忍不住哭了起來。

「哭什麼哭？」嬸嬸焦躁起來，晃的刮了女兒一耳光，「我還沒死妳嚎什麼喪？」

從小嬌生慣養，千金小姐似的長到這麼大，第一次被娘打，還在眾人面前丟臉……

嬸嬸的女兒忍不住放聲大哭，奔進自己房裡。

嬸嬸也又怨又氣，下人跑光了，只能自己下廚胡亂燒了頓飯，直著嗓喊女兒來吃，卻理也不理。嬸嬸更賭氣不想管她。

第二天，她終於知道女兒不理她的緣故了。

她嬌生慣養、金枝玉葉的女兒，懸在樑上搖晃。長長的舌頭幾乎抵到下巴，臉孔淤血鐵青，兩眼幾乎突出眼眶。

就像當初洛如上吊的時候，一模一樣。

「我的心肝唷，我的寶貝唷——」她上前抱著腿哭嚎起來，「妳怎麼這麼想不開啊……」

冰冷的屍體動了一下，嬸嬸抬頭，看到吊死的女兒對她露出冷冷的笑。她大叫一聲，衝到佛堂的桌子底下不斷發抖。死人發狂似的笑聲迴盪在屋堂裡，誰也不敢去把她放下來。

她就這樣懸在樑上大笑，直到屍臭蜿蜒散漫，充斥在整個家裡，直到她的書生哥哥忍受不住的衝進去，拿著菜刀胡亂的對她亂砍，直到麻繩撐不住的斷裂下來。

腐爛加上重量，她的腦袋也跟身體分開，滾在地上，還在狂笑。

她的書生哥哥也跟著笑了起來，表情一片空白，將菜刀砍進自己的脖子，直到將脖子砍斷。洶湧的血泉噴湧的整屋子都是，他和妹妹的腦袋依偎在一起，瘋狂的笑著。

叔叔和嬸嬸只能將屋子鎖起來，沒有膽子去收殮他們。

終日只有死人的笑聲繚繞，沒有人敢接近他們家門。

雨，依舊陰森森的下個不停，沒有止境。

我絕對不要死在這裡。在荒野中狂奔的叔叔想著。他背著最值錢的一包細軟，既然道路會鬼打牆，那他就往山林走。

沒有帶任何人，連自己的老婆都拋棄了……說起來，都是這個婆娘拖累了他。叫她好生哄著洛如，等嫁過去再怎麼不如意，哭個幾天不就沒事了？那婆娘就是賤，不打洛如幾下、罵她兩句日子過不去……

打罵幾天，又不給她飯吃，這才讓洛如上了吊，牽累一家大小遭這種殃！娶妻不賢，果然是破敗的根本！現在家破人亡，還管她去死呢。

照著月亮的方位，他往鄰村奔去。等到了鄰村，他就可以雇個馬車，逃到京城去吧。天子腳下，什麼冤魂厲鬼也找不到他……

「郎君，郎君……」風中響起若有似無的呼喊，「你就這樣撇下奴家，你怎麼忍心撇下你的結髮人……」

叔叔聽得全身的汗毛直立，更沒命的往前奔去。不知道為什麼，裝著財寶的背包越來越重，重得幾乎背不動，重得像是……

一具屍體。

冰涼的液體緩緩的滲進他的領子，磕吱一聲輕響，一捧滑溜的長髮在他眼前晃了晃，軟軟的垂在他的右肩。

他驚恐的側著臉，看見嬸嬸死灰似的臉垂在他的右肩上，用一種不自然的姿態告訴他，她的頸骨已經斷裂。

他背著一具死人在荒郊野外狂奔。

叔叔大叫一聲，想把嬸嬸的屍體摔到地上。她冰冷的雙手卻緊緊的攀住，死灰般的臉孔漾出一抹詭異的笑容，「夫君，你怎麼忍心撇下奴家……同床共寢，也該同穴而眠……」

他狂叫，叫到嗓子嘶啞，叫到幾乎沒有聲音。但是他就是擺脫不掉死妻的糾纏，甚至風裡還傳來陣陣淒厲的笑聲，像是他死去兒女的鬼笑。

天亮的時候，他兩眼發直的坐在鄰村的大門口。喃喃的說著瘋話。鄰村的人大吃一驚，將他抬進去醫治，不到半天的光景，就死了。

直到死去，他背上的屍體才鬆了開來，跌到一邊。

「這……這是怎麼了？」鄰村村長嚇壞了，趕緊去請村裡唯一的和尚。

這位和尚法號靜嚴，在這村有個小小的寺院。他看了看死因離奇的這對屍體，又聽村人七口八舌的說著隔壁村的種種異兆。

「唉，以人為祭，大違天和啊。」老和尚搖了搖頭，「咱們村可不能重蹈這種覆轍。」

他沉思了一會兒，雪白的鬚眉在風中微微飄動。

「我去鄰村看看。」

不顧村人的阻止，靜嚴獨自一個人去了據說鬧鬼的河村。

說慘，也的確是慘的了。村裡冒著屍體的惡臭，還活著的村民兩眼無神的坐在門廊前望著，像是半瘋似的。

他並不是什麼有道行的高僧，雖說打小兒出家，那是因為家裡窮得養不起他。但是當了和尚，他也是本本分分的吃齋念佛，守戒了一輩子。師父圓寂前把寺院傳給他，是因為他的謹守本分，而不是因為他有什麼了不得的作為。

若真說他有什麼長處，就是那一點不忍的慈悲吧。

人呢，死了就死了。誰知道有沒有極樂世界、十八層地獄？活著的人才是最可憐的。所以要守喪，要盡哀，將來才可以真的從失去親人的傷痛中恢復過來。

靜嚴一戶戶的敲門，耐心的解釋半天，半瘋的村民才讓他進去，替死者更衣，念經超度，帶著悲痛過度的村人安葬。他甚至自己拿起鐽子幫著挖墳，放下鐽子又肅穆的念起經來。

甚至芙蓉舊家那對狂笑不已的屍鬼，都在靜嚴溫和的勸戒和誦經後沉默下來，這位鬚髮俱白的老和尚，親手幫他們收殮安葬。

或許是因為他的篤定，也可能是因為他溫和的開釋，這個被怨鬼糾纏的村子漸漸的清醒，也漸漸的不再有人被活活嚇瘋、嚇死。靜嚴大師也靜靜的聽著，聽著村民哭訴怨鬼的來龍去脈。

「有果必有因。」靜嚴大師教訓著，「以人為祭這種敗德事情，怎麼可以這麼繼續？哪個神明不是寬大為懷，慈悲善良的？哪有這種殞喪人命才得庇佑的神？真有這種神明，人哪還活得下去啊？自此以後，這等惡習不可再有啊……」

這個平凡而樸素的老和尚卻療癒了一村的傷痛。村長奉請他到家裡作客，他卻只在幾乎荒廢的山神廟掛單。

山神廟緊臨著河神祠，相較於氣派的河神祠，這山神廟顯得非常寒酸，只有個廟祝休息的小房間。在怨鬼肆虐的期間，年老的廟祝被活生生嚇死，這廟就更陰森森的空蕩起來。

靜嚴倒是隨遇而安，終日忙碌，回到山神廟，還是虔敬的做完晚課才就寢。

這夜，睡到朦朧，聽到窗外有人低語，還有女子的哽咽。

他揉了揉眼睛，看這月亮，大約是子時前後。這麼晚了，怎麼還有姑娘在窗外閒逛呢？

披衣蹺了出去，只見一院的月色粲然，光亮如水銀閃爍。

仔細聽，是兩個姑娘的聲音。

一個背對著他，伏坐在地上，微微透著幽冥的光，另一個卻飄在她肩上，隨著夜風上下。

是兩抹幽魂。

靜嚴先是吃了一驚。他到底是個凡人，對鬼魅有先天的恐懼。但是那兩個女子悽楚的聲音卻讓他心軟了，也壓下了原本的驚恐。

「……為什麼妳不阻止我呢？唐時？」伏在地上的女鬼嬌弱的說，聲音像是秋的嗚咽，「我用妳的力量，殺了那麼多人。有關的、無關的……我殺了那麼多人。」

喚做唐時的女子撥開蒙在臉上、被風吹亂的長髮，露出一張絕豔卻迷惘的臉孔，

「為什麼要阻止妳？我已經把力量借給妳了，妳想怎麼用，就可以怎麼用。」

另一個女鬼望著鬼火幢幢的村子，幽幽的哭泣，「都……他們都該死。看著那麼多姑娘扔進水裡，沒有人說上一句話。他們都、都該死……都該死！洛如……妹妹，洛如啊……妳到底去了哪裡？為什麼沒有人來接我，妳卻不知何往？同樣都是死，為什麼妳的魂魄會消失？妹妹，妹妹啊……」

她幽怨的哭訴著，遠遠近近的冤鬼都同聲一哭，這條江裡死了多少無辜的少女，沉眠冤魂讓她的涕泣感動，同樣為自己不幸早逝的生命感嘆哀啼，這種哀號匯聚在一起，漸漸凝固成惡夢似的怨氣，瘟疫般冉冉上升。

「阿彌陀佛。」靜嚴不由自主的念了聲佛號。

慟哭的冤魂厲鬼愣了半晌，湧了上來，「大師，救命啊……」「我好苦，好痛……」「好冷喔，大師……」「娘～我想娘～我要回家，讓我回家……」

這些冤死而陽壽未盡的冤鬼湧了上來，帶著生前死後痛苦的記憶，形容都極為可怕。她們的怨氣宛如瘴癘，靠近一點兒就頭暈目眩，惡臭撲鼻令人做噁。若是普通人大約就活活嚇死了，但是靜嚴卻為她們流下眼淚。

可憐見的，原本是雙親寶愛的掌上明珠，卻為了荒謬的陋習損了年輕的生命。昨日繡樓朝開芙蓉，今夜寒江夕沉殘骨。一條年輕的生命，卻是一家嚎哭的早夭女兒。

究竟是天地不仁，還是人心蠱毒？

「乖啊，乖啊……」他伸出滿是壽斑的粗糙雙手，輕撫著這些冤鬼的頭髮，哪怕上面有著虛幻的腐肉，「朝花而夕拾，誰又可以長生不死？妳們死得冤枉，我明白。但是妳們已經知道冤死的痛苦了，又怎麼好帶著別人跟著妳們一樣的痛苦？師父知道妳們難過，可憐的孩子……師父不走了，留著幫妳們超度如何？不可再添自己罪孽，來生會更遙遙無期啊……」

安靜了好一會兒，冤鬼們拉著他的衣服，放聲大哭。

或許她們要的只是一句安慰，一點溫柔和一些些希望。人死不能復生，她們都明白。陰曹地府不管陽壽未盡的冤鬼，她們只能安靜的在寒江裡沉眠。

再也回不了家，再也見不到爹娘，她們都知道。

但是沒有人安慰她們一句，沒有人明白她們的無辜。

所有冤死的少女都哭著，像是被洗滌了最深的痛楚，而芙蓉哭得最慘。

靜嚴大師央求村長募捐資金，下江打撈骸骨。「嫁河神」的陋習近百年，打撈上來的骸骨總共十七具。或許是江水冰寒，也可能是冤氣不散，這些少女骸骨穿戴整齊，四肢百骸俱在，甚至腐了肌肉內臟，一頭長髮居然還完完全全。

這件事情轟動了大江南北，原本同樣有「嫁河神」陋習的村莊幾乎都廢除了，活了不知道有多少的生靈。

這些無辜死去的少女都在河神祠合葬，一來鎮魂，二來安撫，因為姓名幾乎都不可考，就以芙蓉為首，後來又稱為芙蓉祠。

靜嚴和尚依諾留在芙蓉祠超度亡魂，但是兩年後，卻離奇過世。

至於他離奇的過世，那又是另一個故事了。

* * *

第三話　莫道無情

靜嚴輕咳著醒過來。

都已經入夏了，清晨卻這樣寒冷。他心裡有數，披了件大褂坐起身子張望，卻什麼也沒看到。

那個喚做唐時的姑娘大概又來了，還沒等他瞧見，她又悄悄的離開。很奇怪的姑娘，真的。靜嚴想著。

他來到這個江村已經一年多了，自從廢除了「河神娶親」的陋習，這村子倒是平平安安的，旱澇不犯。原本的村子來請他多回，他還是在這江村待了下來。當初他答應那些可憐的冤魂，要超度她們的。雖然他是個凡人，修為低微，但是這些孩子需要他，他也願意盡自己的力。

就是唐時，讓他有點不知道該如何是好。

原本以為唐時也是厲鬼，相處久了，他又不是那麼確定。她有形有體，大太陽底下還有影子，但她卻常常無聲無息的出現或消失。芙蓉祠蓋起來以後，這些孩子們都沉睡了，就只有唐時睜著無神的大眼睛，還在這村裡飄飄蕩蕩。

試著和她說話，她卻只是用那美麗卻無神的眼睛盯著他看，露出極度迷惘的神情，然後躲避著消失。靜嚴若在打禪晚課的時候，又可以感覺到她的視線。

「唐時，」靜嚴輕喚著，「妳要什麼呢？妳在找什麼？」

只有一室的沉默回答他。

其實，唐時也常常困惑的問自己，我留在這裡做什麼？我又在找什麼？喜葉死了好幾百年，她從來沒在一個地方停留超過半年以上。她問鬼、問妖，甚至山神土地。好好回答的，說不定還有全屍，直接拒絕她的，有的連骨頭都找不到。

這個和尚有種力量，讓她感到很困惑。自從她成蠱之後，從來沒有遇到這樣令她感到畏懼的生物。

他只是講了幾句話，就讓被她附身的鬼魂芙蓉屈服，慘哭著脫離了唐時的掌握。這是沒有過的事情。

但她真的感到恐懼嗎？

若真的害怕，她應該走得遠遠的，反正這個老和尚沒有能力留下她。但她不想走。每一天，每一天。她都感到迷惑而惶恐。

我該去問他的，問他有沒有見到喜葉。當然，大家都沒見過喜葉，這點讓她瘋狂而嗜血。得不到她要的答案，唯有殺戮可以平靜她灼熱的絕望。

但是，她卻連老和尚的眼睛都不敢看。她只敢遠遠的，蹲在幽深的角落，看著鬚眉俱白的老和尚，安然的敲著木魚，像是吟詠般的念著經。或者是等他睡著了，迷惑的望著他充滿皺紋的睡顏。

偶爾，非常偶爾的，她會燃起一絲微弱的希望。或許他是喜葉轉世？或許他漫長到接近遺忘的追尋有了結果？

但她用冰冷的手觸摸著老和尚的臉孔時，那微弱的希望又馬上熄滅了。

喜葉的靈魂帶著光芒與溫暖，連死亡都不能夠隔絕這種特質。這只是個普通的人類，普通到沒有一點特色的靈魂。她痛苦極了，痛苦得恨不得殺了這個給她希望又讓她絕望的人……

不知道為什麼，她總是無法動手，也無法離開。

若是可以哭就好了。她默默的想著。

能夠放聲大哭，或許她的心不會淤積著腐壞的淤血。但自從她殺了喜葉的那場哀慟後，她的眼淚也就這麼乾涸了。

在非常矛盾中，她默默的待下來，總是離靜嚴不太遠。我只是累了，需要休息一下。唐時想著，喜葉還在等我去找他，我並不曾忘記過。

她的情感原本靜滯，成蠱之後就只剩下「尋找喜葉」的執念。但她無法解釋自己留下來的原因，索性就不去想了。

老和尚知道我留在這裡的。即使屏息隱匿，那個鬚髮俱白的老和尚還是把臉轉向她的方向，絮絮的說法傳道。

這讓她嬌媚卻陰森的嘴角微微上揚。即使覺得可笑，她卻馴服的待在角落，聽著老和尚嘮嘮叨叨的自言自語，沒有走開。

因為待在老和尚身邊的感覺，和喜葉是有點像的。

＊　＊　＊

就在季節進入秋天的時候，靜嚴來到這村快要滿兩年了。這天原本的村子千求萬請，終於把他請回去主持秋醮。等法事了了，他堅辭村長的厚禮和留宿，匆匆的趕回江村。

他的生活很規律，芙蓉祠又只有他一個守著，他依舊沒有忘記兩年前的諾言。他答應要好好照顧這群孩子，直到她們去了該去的地方。雖然神者難明，誰也不知道哪天陰差才會想起這群無辜的孩子，但在他有生之年，是不會放下這個責任的。

日將落了，他在鄉道上不急不徐的走著，大約飯時就可以到江村。

世道不太平靜，常有山賊出沒，路上一個行人也沒有。或許看他年邁，又是個出家人，倒是一路平平安安的。快到江村口時，天色已經完全暗了下來。

「大師，貧道稽首。」黑暗中傳來一聲招呼，「村裡可有道觀可以打尖掛單？」

靜嚴回頭，看到一個道人風塵僕僕的對他行禮，五綹美髯飄逸，很有點仙風道骨的感覺。

剎那間，他差點將手裡的佛珠丟了出去，然後轉頭就走。

我在想什麼？他微微一驚。雖道門不一，而修行殊途同歸。他怎麼可以對一個初見面的修道人這等無禮？

「阿彌陀佛，道長，鄰村才有道觀，本村是沒有的。若不嫌貧僧居處窄淺，或者……」

那個道士走近了些，望著靜嚴。黑暗中，只有他的眼睛閃閃發光。「感謝大師美意。貧道雖不才，還不至於需要與魔物同居一室。」

靜嚴回望他，「貧僧不懂道長的意思。」

「大師，你慈悲為懷，卻犯了色戒。」道士微微一笑。

靜嚴也笑了，「道長，貧僧雖無什修行，卻也不敢犯戒。」

「你真當皮肉濫淫才是色戒？」道士冷笑，「殊不知意淫迷惑才是真正的色戒，更何況還是隻魔物。大師早日回頭是岸啊……數十年苦修毀於一旦還是小事，若弄到連命都沒了……到時可是後悔莫及。」

這麼說，唐時是魔囉？

靜嚴沉吟片刻，「眾生皆有佛性。」

「眾生亦皆有魔性。」

「貧僧和道長看法有別。」靜嚴微笑，「就此告辭，阿彌陀佛。」他轉身進了村子。

那道士注視著他的背影，悄悄的彎起一抹譏誚的笑。「……你躲吧。躲了幾百年，我看你還能躲到哪裡去……」

＊　＊　＊

唐時感到一陣劇痛。這是從來沒有的事情，自從她成蠱之後，所有的五感都消失了，不知暑寒，無謂飢飽。

當然，她也沒有舒適或疼痛的感覺，只有無盡的虛無，和這片絕望虛無中，唯一還有感覺的強烈思念。

但是現在，她好痛。她跌跌撞撞的在芙蓉祠裡走著，連隱匿都沒有辦法，她抱住自己的頭，不斷的在地上打滾。

真正的痛楚不是身體……自從她成蠱以後，就有了不自然的強壯。而是那種尖叫似的、折磨靈魂的極度痛楚，像是回到那一天，她發現自己的手血淋淋的插在喜葉的胸膛裡。

那種痛到幾乎粉碎的悲慟。

「姑娘？唐時姑娘！」她在昏暈中，感到一雙粗糙又溫暖的手焦急的拍著她的臉，「怎麼了？妳要緊嗎？」

像是即將溺斃的人抓住唯一的稻草，她大口大口吸著氣，猛然的抓住那隻手，張大幾乎盲目的無神眼睛，「……喜葉，喜葉！喜葉，我好痛……」

「老衲不是喜葉。」靜嚴為難起來，「哪裡不舒服呢？唐時姑娘，我帶妳去找大夫……」

唐時銳利的指甲幾乎全陷入靜嚴蒼老的皮膚裡頭，一眼眼的滲著血。她漸漸的恢復神智，看清眼前這雙關懷的眼睛……

鬚髮俱白，神情慈藹的老和尚。

她感到極度的失望，也有一絲絲的安慰。灼熱的疼痛漸漸的冷卻下來，她吃力的鬆了手，發現滿手是血。

我……我又殺了他嗎？

她凶猛的撲到靜嚴的身上，摸索的在他身上找著不存在的傷痕。發現只有手上的血洞外沒有大礙，她暗暗鬆了口氣，神情漸漸悽楚下來。

「我不想殺你。也不要殺你。」她喃喃的，像是對自己說，「師傅，我希望你一直活得好好的……」

她掩面，悄悄的消失了蹤影。

靜嚴焦急得喊了幾聲，卻再也沒有得到唐時的任何回應。

她走了嗎？靜嚴古井無波的心，卻有了一絲異常的蕩漾。

事實上，她並沒有走。像是一種預感，一種惡毒的不祥，唐時靜靜的守在門口，雖然她不知道她在等誰，或等什麼。

但是很快的，她就知道了。

如眉的彎月有氣無力的懸在天空，像是一抹痊癒不了的天之傷。黯淡的月光讓周圍有種霧樣的朦朧。

鏗鏗的行聲，像是死亡躡足的腳步。

他站定，在朦朧的黑暗中，只有眼睛炯炯發亮，帶著一種清醒的瘋狂。他臉上偽裝的鬍鬚早就不見了，露出光潔如珠玉，卻令人毛骨悚然的美麗容貌。

他抬頭，望著隱匿行蹤，坐在柔細梢頭的唐時。「……終究還是找到妳了，貪狼。」明明是男子，卻有著比女人還柔媚的嗓子，但是聽到的人像是受了寒風刺骨。

幾乎凍結了唐時的靈魂。

她失神的望著這個漂亮男子，心裡卻混合著驚訝、痛苦、厭惡、狂怒……被徹底封印的記憶緩緩轉動，飛快的四散、組合……

「……帝嚳。」她脫口而出。

「哎呀哎呀，我得好好的說說天刑仙官。我明明要他把妳的記憶洗乾淨的。」這個盯牢了她一輩子的唐朝國師、偽造成道士的前代天神，獰笑著不在她面前多做掩飾。

唐時覺得空氣徹底稀薄了起來，她前生的回憶如潮水般湧來，幾乎讓她窒息。

＊　＊　＊

帝嚳，是天帝的嫡子，唯一的皇嗣，被尊為「天孫」。甚至代替過年老的父皇代理天帝一職，在神魔交戰，各天界不和的時刻，有過彪炳的戰功。

他果決，英勇，讓原本暮氣沉沉的東方天界氣象為之一新。

但是長年的戰爭似乎腐蝕了他，他變得越來越陰鬱，越來越殘忍，一點一滴的沉淪到黑暗中，等天神們驚覺的時候，他們原本英明神武的代理天帝，已經成了一個凶殘的怪物，完全以殺戮為樂。

直到帝嚳親手殺了心愛的妻子，並將她的眼睛鑲嵌在錦瑟中，得意的展現給眾臣看時……所有的天人都了解到，他們的代理天帝發瘋了。

原本在下都靜養的天帝，立刻下令拘捕帝嚳，致力於神魔停戰協議，並與他方天界修好。

至於帝嚳，在王母的苦苦哀求下，被拘捕到「南獄」，專門拘禁王孫貴族的華美天獄。但是帝嚳擁有與生俱來的魅惑，看守他的仙官屢屢被迷惑，讓他逃脫。而帝嚳總是微笑著，到處挖出天仙女神的眼睛，血淋淋的打造他的仙器。

要殺他，天帝年老，又僅有這個子嗣，王母又極力維護。不殺他，天庭眾怒鼎沸，如此下去，後果堪慮。

最後天帝指定星宿貪狼看守。

星宿之一的貪狼，和她所掌管的特質相當，是個嬌嬈慵懶的女子。但那只是外表。實質上，這個總是慵懶微笑的女神，卻有著鋼鐵般的意志，獨自守著帝嚳，長達萬年之久，哪怕是帝嚳能迷惑多少人，就是沒辦法從她眼底逃脫。

帝嚳對她的怨恨，也長達萬年之久。隨著時日演進，怨恨累積得越來越深。

後來帝嚳自請貶入凡塵歷劫贖罪，他下凡不久，貪狼就因「穢亂宮廷、色誘王儲」的罪名，被王母用迅雷不及掩耳的速度刑天貶謫了。

大家都知道貪狼冤枉，也知道王母遷怒。但是天帝病體沉重，東方天界處於惶恐不安的局勢，這小小的、妖媚星宿的委屈，反而在這片混亂中被掩沒了。

＊　＊　＊

「妳知道嗎？」帝嚳微笑著，「我一直忘不了妳。」他幾乎是火熱的欣賞著唐時的痛苦，這個拘禁了他一萬年的可惡妖女。

「……相處了一萬年，我想多少都有點感情在。」唐時晃了晃發脹的頭，說著自己也陌生的言語。

「說得沒錯，所以……」帝嚳對她伸出了手，「所以來我這兒。反正妳已經成蠱了……喜歡我給妳的新身分嗎？事實上，妳還不太了解妳的處境……妳不知道，小小星宿成了『天仙蠱』，會有多大的力量。來罷，妳不怨恨天界那些顢頇懦弱的天人？他們眼見著妳被冤枉，卻沒有人替妳說句話。讓我們……」

他湊在唐時耳邊細語，「讓我們將天界翻覆過來，讓這世界成為一片鮮豔的血腥。」

唐時用無神的大眼睛盯了他一會兒，突然一笑，「但不是他們冤枉我，也不是他們把我打下凡塵。一直都是你，這些都是你策劃的。」

帝嚳望著她，「……刑天仙官居然讓妳保留這麼多的靈智，很不稱職啊。」

「你可以拿走我的情感和仙命。但你不知道，貪狼就是一種殺不死的猛獸嗎？」唐時的眼睛冒出慘綠的光，就像飢餓的狼一樣。

「那麼，喜葉呢？貪狼，妳還記得多少？或者說，這個凡人對妳來說，只是無聊的消遣？」帝嚳嘲笑的問。

唐時的臉孔猙獰了起來，她臉孔慘白扭曲，嘴唇染血般嫣紅。強烈的霜氣戟刺張揚，像是觸摸得到的殺意。

「可憐，愛著某人的這種『念』，就是妳的弱點，多情的貪狼。在天界妳知道要小心避開這種弱點，到了人間妳卻不能夠了。」帝嚳笑了起來，聲音悅耳卻陰森，「妳若乖乖順從我，我就饒過那個凡人。」

「不。」唐時斷然拒絕。

「我在妳眼前殺了他也無妨嗎？」帝嚳揚高聲音。

「你認為我會讓你這麼做？」唐時的唇角冒出獠牙，雙手的指甲成爪，發著霜銀的光芒。「帝嚳，同樣廢貶下凡，你我的法力只在不相上下。別忘了，我禁制你萬年，你所有的弱點我都知道！」

「同樣的，我也知道妳所有弱點。」帝嚳愉快的說，持符衝上前，唐時用銳爪一擋，卻像是冰碰到了烈焰，開始融蝕。

「妳現在是魔物。」帝嚳輕輕呢喃，「而且是我製造出來、用鮮血澆灌的魔物。」

他祭起咒陣，將唐時困在光燦的火圈中，唐時嗅到一陣陣的雄黃氣味，感到一陣陣頭暈。

對，我已成蟲。每年端午節就像是要了我的命一樣。唐時站在雄黃火圈裡頭想著。我……原本是星宿之一，堂堂的貪狼星，卻淪落到比妖魅更低賤的地步。

居然會懼怕雄黃。

她暴怒了。這麼長久以來的憂鬱、絕望，一起爆發了起來。她無視相生相剋的雄黃烈火，一頭長髮飛躍著火星，她怒顏若修羅的衝了出來，金石俱焚瞄準了帝嚳的心臟。

沒錯，她在挑戰天孫。但是不要忘記了，這位皇儲和她一樣都是罪謫之身，他們基本上，都是凡人。

或許殺了帝嚳也不能解決什麼……她也不過只能破壞他這一世的肉體。但是最少，帝嚳會經過漫長的轉世投胎、重新修煉，說不定他會在這過程忘記他們，忘記喜葉。恨？她當然是恨的。但是她看守帝嚳萬年，她比誰都了解，誰也殺不了他，說不定連天帝也不能。

只要他離我們遠遠的就好，只要他能遠離我的喜葉就好。

在這種決心之下，她環繞著燦亮的火焰，無視肌膚的焦黑，將所有憤怒和願望，都化成雷霆萬鈞的一擊。

就在她剛剛碰觸到帝嚳的胸口時……她突然失去了重心。像是打到一團虛空，沒了著力點。她的手……被吸入了帝嚳的胸膛，全身的力氣也隨之奔流而去。

帝嚳抓著她燒焦捲曲的長髮，將虛軟無力的唐時拖了起來，「嘖嘖，好好的一張臉都燒壞了……妳做什麼這麼著急呢？」他陰柔的笑著，「妳真以為，妳和我是平等的？」

唐時的眼神潰散開來，找不到焦距。她的精力以驚人的速度不斷的消失，像是一切都被淘空，卻無法阻止這種消逝。

「……天人廢貶，是不該擁有任何神力的。」她褪成櫻花白的唇有氣無力的吐出這幾個字。

「那是妳。」帝嚳和藹的回答，「但不會是我。我是天孫，這世界無形的支柱，天帝唯一的子嗣。就算我不要，還是有太多的天人仙官爭著巴結我、奉承我，給我種種方便……」

「……我決不會幹這種污穢的事。」唐時發著抖，奮力要把自己的手拔回來。

「我知道妳不會。」帝嚳憐惜的撫摸她焦黑的臉，「所以才落到這種地步。乖，跟從我吧……我可以讓妳成為蠱神，與我共修……想想看，我們可以讓天庭變成什麼樣子……」

唐時勉強彎了彎嘴角。怎麼？天孫把她當成妖仙侮辱？居然提議當他的奴僕，連自由意志都沒有？

「……你、你是不是先去睡一覺，做個夢比較快？」她冷冷的笑出來，非常歡快。

帝嚳的瞳孔驟然收縮，他掐住唐時的咽喉，阻止了她的笑。「我討厭妳這種笑聲。」他的表情慢慢平靜下來，「還躲著呢……你還躲麼？幾百年了，你還要躲麼？」

他輕輕的，像是在自言自語。

奄奄一息的唐時呆了呆，卻聽到一聲怒吼。

「放開唐時！快放開她！」靜嚴從屋裡奔了出來，扔出了手裡的佛珠，「快放開唐時姑娘。」

帝嚳閃了一下，卻還是讓佛珠擊中了額角。他心裡微微一凜，卻沒有感到任何異樣。

只是個凡人的誤打誤撞罷了。但是傷害一個神明……這樣的罪是很重的。尤其是這個可惡的凡人，膽敢藏起他最珍貴的俘虜。

「喜葉真人，你躲了上千年，現在還躲麼？」帝嚳冷笑著，「我真的看輕了你，沒想到你有這麼大的本事。居然可以將唐時的影子和你自己的記憶藏在輪迴裡，隨著你的轉世而隱遁啊……讓我花了那麼多時間還找不著。現在，你還要躲嗎？」

靜嚴呆了一下，像是一個長久的鎖終於打開。蒼白的今生像是一抹虛無的影子，反而是強烈的、前生的記憶，迅速的填滿了他的胸懷。

望著自己充滿皺紋的手，他愴然。

成了真人，雖然肉體被毀，然元神未滅。他選擇將唐時的蹤跡和自己的記憶封印起來，遁入輪迴。

他要唐時來找他，只是希望唐時保持活下去的希望。事實上，因為他帶走了唐時的影子和自己的記憶，只要他想不起來，唐時就不會被找到。

「為什麼？」他喃喃自語著，「我並沒有想起來。」

「真的嗎？」帝嚳嘲笑著，「你問問自己，真的嗎？」

靜嚴默然，不發一語。

「違逆我，這就是你的下場。」帝嚳輕輕說著，地底突然鑽出無數火龍毒蛇，密密麻麻的纏住了靜嚴，他依舊一點聲音也沒有出，也不願意看唐時，只是翹首望著天，無視被萬蟲鑽體的痛苦。

「看清楚！」帝嚳扳住唐時的臉，強迫她看著肚破腸流，已然體無完膚的靜嚴，「違逆我就是這種下場！妳在凡間最後的『念』……我也替妳斷了吧！」

唐時投向帝嚳無比惡毒的一眼，然後笑了起來。混著血淚，笑了起來……朝著帝嚳無聲的哀鳴。

她是天仙蠱，可以發出無聲的「死亡哀曲」，粉碎任何凡人的軀體。當然，包括廢貶為凡人的帝嚳。

之所以一直不敢用，是因為靜嚴離他們太近，就算不知道他就是喜葉，她也希望這位慈祥的大師可以好好活著。

但是現在……現在。現在已經不用顧慮什麼了。

帝嚳冷笑，卻發現他從額角開始粉碎。那是靜嚴發怒的時候，丟出佛珠打向他的地方。

「妳……你們！」帝嚳忿恨的在唐時的臉孔抓下深深的五道指痕，「我不會饒過你們！」在尖銳的嚎叫中，他的肉體化為粉塵，與元神隨風而去。

唐時仰望著蔚藍的天空，滿臉是血，混著淚的血，混著血的淚。她疲憊的爬向靜嚴，年老的大師胸口以下都已經剩下白骨。

但他的眼睛還是那樣清明、溫柔。

「……你騙我，喜葉，你騙我。」唐時喃喃著，試著擦掉他臉上的血污，「你騙我傻傻的去找你，但是你卻躲起來……」

「……我不希望妳死。」他臉孔扭曲起來，一陣痙攣，「妳存在的意義不是為了被毀滅。」

她垂首哭泣，痛苦得無法克制自己。

「來找我，唐時。」他的聲音微弱下來。帝嚳殘忍的毒龍咒會延長他很久很久的痛苦，他可以用這種模樣活著幾天，然後在痛苦不堪中死亡。

「你又要騙我，又要騙我……」唐時不斷哭著，血淚點點滴滴的流過皮開肉綻的臉孔，滴到靜嚴的臉上。

溫暖而哀傷的血與淚。

「送我一程吧。」他閉上眼睛，「來找我，唐時。來找我……」

唐時動手，絕了他的心脈。她又殺了喜葉。

從那天起，她再也沒殺過其他人了。

* * *

靜嚴大師離奇淒慘的死狀讓村民們引起很大的震撼和惶恐，大家都有大難臨頭的感覺。

害怕的村民還是找了最好的棺木，將大師收殮安葬，雖然說男女有別，但是大師的棺木像是跟地板黏在一起似的，無法移靈，村民們只好將他安葬在芙蓉祠。

據說，大師下葬的那一天，一群穿著白衣素服的女子，摀著臉孔，放聲大哭而來，帶頭的姑娘頭髮都白了，臉孔裹著布，滲著血，哭得最哀。

她們的出現只有一瞬間，馬上就消失無蹤。鄉野傳說，因為靜嚴大師死得冤枉，讓他超度過的亡靈方來送終。但是凶手一直沒有找到，這件懸案就這樣不了了之。

但是這村從此再也沒有發生任何奇怪的事情了。

然而唐時和喜葉的故事，誰也不曾知道，就這樣湮滅在沉寂的芙蓉祠中。

第四話　大難來時

她無助的躺在床上，含著眼淚聽著窗外婆婆的痛罵。

多病也不是她願意的。貧窮的鄉間，人人都是半餓著肚子。她原本就體弱，又因為過度操勞，流掉了兩個孩子，身體就更壞了。

這種嚴酷的年代，連年歉收，婆婆要照顧一家大小十來口，心情不好，她能了解。她躺在床上不能動彈，少了一雙手務農，卻多了張嘴吃飯，婆婆會生氣，她也明白。

但她就是沒有力氣起來。四肢如棉，頭暈心悸，一起身，就會哇的一聲吐出來，掙扎不得。

窮人家哪有生病的份呢？天老爺，可憐可憐我們，別讓我拖著這病體，害苦了一家大小……

「……娘，好歹也請個大夫來看看。」她老實忠厚的丈夫，訥訥的說話了。

「大夫?!你跟我說大夫!?」婆婆揚高了聲音，尖叫了起來，「這幾年看了多少大夫，花了多少錢買藥?!兒子大了，成了媳婦兒養的了！錢呢？咱們家都讓她吃窮了，哪來的錢請大夫？你說啊，你說啊！」

啪啪兩聲，她想，老實的丈夫又為了她吃了婆婆的耳光。

天老爺，為什麼你不睜開眼睛？她面著牆躺著，眼淚撲簌簌的掉下來。

直到婆婆累了，這才進了屋裡。她朦朧的睡了一會兒，丈夫搖醒了她。

「楊花，醒醒。」她丈夫的國字臉在她眼前，「起來喝點粥。」

「……我不餓。」她睜開浮腫的眼睛，「你成天在田裡累，需要力氣。你吃了吧。」

「我吃過了。」丈夫訕訕的，「妳生著病，不吃哪裡會好呢？我餵妳。」

這大約是丈夫偷偷省下自己的半碗粥，好給病弱的她吃吧。含著淚，她喝了半碗粥，卻覺得更餓了。

這一整天，也就喝了這半碗粥。

「還要什麼？」丈夫體貼的幫她擦臉。

就算想再吃點什麼，家裡也沒有了。楊花搖了搖頭，「……想喝點水。」多喝點水，撐過那種熾熱的飢餓吧。生病的人，其實沒有吃飯的權利。

熬過一天又一天，她的病好好壞壞，一直沒有什麼起色。

婆婆先是在窗外罵，後來乾脆在房裡罵，最後把她拽下床，逼她下田。她認命而忍耐的拿起鋤頭，最後暈倒在田隴，還是鄰居把她扶回來的。

鄰居囑咐婆婆一番，嘆著氣走了。婆婆氣得發抖，抓著斗笠沒頭沒腦的打她，「裝死，我看妳再裝死！真是娶媳不賢，破敗的根本！娶妳進門有什麼用？只會裝死偷懶貪嘴吃！巴不得讓人說我虐待媳婦是不是？今天我就結果了妳！」

打爛了斗笠，氣瘋了的婆婆抓起鋤頭就要敲下去。公公和丈夫趕緊攔住她，怕真的出人命。婆婆撞頭撕髮，哭喊著自己命苦，執意要丈夫休了她。

「楊花家裡都沒人了。」丈夫為難了，「娘，妳讓她去哪呢？」

「我當初不該一時好心，收了這個掃把星！」婆婆又哭又叫，「剋父剋母，現在來剋我了！我真是命苦唷，老天爺，你怎麼不長眼，好心沒好報唷……」

楊花只縮在牆角哭著，昏了過去。

等她醒來時，一室漆黑。她又餓又痛，卻一聲也不敢吭。默默的，在黑暗中流淚。天老爺，你怎麼不張開眼？窮媳婦兒怎麼有命生病呢？求求你，快讓我好起來吧……

但是老天爺總是沉默，而神者難明，無從祈禱。

她的病一直沒有痊癒，而年頭越來越壞。初秋的一場冰雹毀了大半的收成，讓貧窮的農家更雪上加霜。在這種陰鬱的氣氛下，婆婆不再罵她，整天躲在房裡哭。

楊花提心弔膽的等著，有種濃郁的不祥預感。

某天夜裡，丈夫把她搖醒。他臉孔很是憔悴，「楊花，妳這樣病下去不是辦法。我帶妳去找大夫。」紅著眼眶，他將楊花裹在被單裡，抱了起來。

「家裡沒錢呢，」楊花驚慌了，「我不要緊的。」

丈夫沉默了一會兒，半嗚咽的，「總不能讓妳一直這麼病下去。錢……我有。妳別出聲，讓娘知道就不好了。」

她信賴的，感激的偎在丈夫的懷裡，跟他上了牛車。晃晃悠悠的，從夜晚走到清晨，又從清晨走到日暮。

他們從熱鬧的村落走入荒郊，在破落的山神廟駐足。丈夫掏出幾個又白又胖的饅頭遞給她。

「你吃，我不餓。」楊花悄悄的咽了咽口水。

「妳……聽話，吃罷。」丈夫顫抖的撫了撫她的頭髮，「妳在這兒別亂走，我去找水，嗯？」

楊花乖順的點了點頭，珍惜的咬了一口饅頭。這個時候，她覺得她是世界上最幸福的人了。

吃了兩個饅頭，她的丈夫還沒有回來。

太陽下山了，漸漸暗了下來，她的丈夫還是沒有回來。

她撐著病弱的身體，走到門口，發現牛車已經不見了。她原本慌張了一下，又想，水源可能很遠。丈夫怕她等，所以駕著牛車去了。

摸索著在門檻坐下來，倚著門。看著月亮逐漸東升，乃至於中天。但是丈夫還沒有回來。

月沉日升，她足足等了一夜。

怎麼了？到底出了什麼事情？為什麼丈夫去找水，整夜都沒有回來？她腦海裡出現生動而恐怖的想像：丈夫被山賊殺了、被狼吃了，跌進山溝……

她忍不住哭了起來，找了根樹枝當拐杖，吃力的在樹林裡悠轉，還是不見丈夫的蹤影。

餓了，就啃幾口饅頭，渴了，就喝幾口山泉。她吃力的走遍了整座山林，卻依舊沒有看到丈夫的蹤影。

她不願意放棄，蹣跚的到山下的村裡乞討，有點東西吃，恢復一點力氣，又往山林找去。

一兩個月後，她死心了。昏昏暈暈的躺在破廟裡發著高燒，悲哀的想著。

丈夫一定是死了。這世界上唯一對她好的人死了。那她活著做什麼呢？不如就這麼死了罷。

她以為自己不會再醒過來，卻沒想到上天非常殘酷。她醒了，活著，但依舊病痛纏身。

這讓她痛苦悲哀到幾乎瘋狂。她該怎麼辦？丈夫是家裡的獨子……出了這樣的事情，公公婆婆都不知道，她怎麼對得起列祖列宗呢？

這個念頭給了她求生的意志。她掙扎到山下的村裡，卑微的問明了方向。拄著粗糙樹枝纏著破布的拐杖，一步步拖著病弱的身體往家鄉走去。

這段旅程非常艱苦、遙遠。許多次她都以為自己會病死他鄉。她骯髒、邋遢，惡臭，有時走不動了，她就用爬的。每個見到她的人都露出憐憫卻厭惡的表情，小孩子對她扔石頭，村犬對她汪汪叫。

但她不在意。

她已經讓濃重的悲哀壓垮了，只剩下一個使命、一個執念。她得回去報喪。她甚至覺得自己不再飢餓，也不再疼痛。在某個霜降的夜晚，她倒臥在亮晶晶的霜地上……連寒冷的感覺都消失了。

毫無意識的抹了抹唇角烏黑的膿血，撥掉掉出眼眶的右眼。反正那隻眼睛看不見了，她不需要。

她要回家，她要回家報喪。等她報過丈夫的噩耗，她就可以躺下來休息了。

在那之前，她不會死，也不會餓，當然也不會痛。

因為她的心已經痛到快要痲痹了。

時間感漸漸的消失，她越來越沉默。因為她這樣的骯髒邋遢，形容恐怖，沒人認真看她一眼，當然也沒人發現她的異狀。

她只有在問路的時候開口，聲音沙啞尖銳的像是鐵器摩擦，令人牙齦發疼。被她問路的人總會毛骨悚然，有的人隨便指了個方向，讓她多走了許多冤枉路。

或者說，爬過許多冤枉路。

她的意識昏沉，往往不知道現在是白天還是黑夜，不知道她在現實還是夢境。她只知道，我要回家，我要報喪。歲月怎樣流逝，她都一無所知。

她走過了兩個春夏秋冬的輪迴，在第三個春天來臨時，終於走到家鄉。但楊花並不知道，她這漫長的歸鄉路，足足走了兩年多。

嘴角流著烏黑的膿血，全身的衣服已經破成布條，蓬頭垢髮，遮住了她空有眼眶的右眼。用著不自然的姿勢，趺趺爬爬的，掙扎的走到熟悉的家門口。

她大大的鬆了一口氣，乾涸已久的眼眶湧出清澈的淚，沖刷著髒污的臉孔。款款的跪下來，她準備放聲大哭，爬進去告訴公婆這個可怕的噩耗……

卻聽見嬰孩的笑聲……以及她丈夫的笑聲。

跪在門口，她睜大剩下的左眼。暖暖的曬穀場上，丈夫抱著個嬰孩在笑，偎在她丈夫身邊的少婦也在笑。

是，那是她的丈夫。國字臉，老實忠厚的表情，笑起來眼瞇瞇。他在笑，健康、爽朗，活生生的笑著。

楊花一下子搞糊塗了。我是不是還在做夢？這樣的夢她也做過。丈夫還活著，她的病也好了。他們生了胖娃娃，一家人都吃得飽飽的。

我一定還在做夢對吧？她對自己說。一定是夢……丈夫明明死了。

但是，心裡一個冷冰冰的聲音升了起來，「妳怎麼知道？妳看到他的屍體？其實妳都明白，其實妳都知道，妳只是自己騙自己。」

……不對，我沒有騙自己。這是夢，惡夢。我走過去就會消失了，所以我要走過去……

她發出沙啞粗嘎的聲音，跌跑著衝進曬穀場。

「哪來的丐婆子！」丈夫抱起嬰兒，將她踢倒，「髒死了！隨隨便便跑進來做什麼，去去去！」

她仆倒在曬穀場，無法動彈。

「做什麼你！」少婦呵斥著，「大娘這麼可憐，你大男人還踢女人……哪天換你踢起我來了。虎兒，別跟你爹學這等狼心狗肺……」一把將嬰兒搶過來抱。

丈夫被少婦搶白得面紅耳赤，「哎唷，寶珠，我是怕她唬了小虎兒，才慌了起來……別生我的氣麼。」

「跟人家大娘陪個不是，我去廚房找點東西給大娘吃。」少婦抱著嬰兒轉進廚房，丈夫搔了搔頭，要摻起地上的丐婆，卻發現她不見了。

他愣著四下張望，卻什麼也看不到。春天的太陽這麼暖，他卻覺得有些發寒。

這幾天，他老夢到楊花。當初丟棄她也是不得已的……家裡已經快要沒飯吃了，娘天天嚷著要上吊，動不動就哭，就罵他。

「我生你做什麼？有了媳婦兒就變成媳婦兒養的！」娘坐在房裡大罵，一整天米水不曾沾牙，只顧著哭，「自從她進門，你瞧瞧我們成了什麼樣子?!掃把星，破敗命！要你休了她，死活都不肯，要看我們一家老小被她剋死就完了？生也生不出來，活兒也幹不了，成天病歪歪的生晦氣！你要我還是要她，吭？今天你不休了她，我這命也不要了我……」

他跪了下來，「娘，妳讓楊花去哪呢？年歲不好，妳也不能淨怪她……」

「鄰居也會說話的。」他那沉默的老爹，破例開了口。

「你們爺倆一起糟蹋起我來了！」娘放聲大哭，「我不要活了，死一死算了，大伙兒還多口飯吃唷……」

幾個妹妹跟著掉淚，他那寡居多年的姊姊垂了首，「……楊花這麼捱著，也是白受罪。」

「姊姊！」他驚恐的叫了起來。

「狗兒，妳也知道妳媳婦兒的身子。這麼拖著做什麼呢？」他姊姊抬起頭，「休了她，她沒處去，也是死，還招鄰居閒話。留著她在家裡，讓娘這麼難受，只是白賠了娘的一條命。不如帶她遠遠的去，說不定她機緣到了，病就這麼好了也未可知；若是抵不過命，早點了結投胎去富貴人家才是正經。」

「姊，妳怎麼……」他訥訥的說不出話來。

「娘就這麼一個，媳婦兒再娶就有。你要瞧娘這麼淌眼抹淚，還是給楊花找生路呢？」姊姊質問著他。

他當下沒有說話。這哪是給楊花找生路？這明明是叫楊花去死吧？

但是第二天，他答應了。

因為他娘居然真的上吊了。幸好救得早，娘醒來只不斷呻吟哭泣，姊妹的眼光讓他屈服了。

他只能給楊花留下幾個白饅頭，讓她吃飽，好好的走。

楊花，應該是死了罷？但他沒有勇氣，真的沒有勇氣回去那個破廟，收埋楊花的屍首。雖然他另娶了媳婦兒，也生了胖娃娃，但是總在夢中看到楊花幽怨又病弱的臉孔。

這常常讓他在夢中驚醒。

＊　＊　＊

楊花躲在祠堂的神桌底下，望著蒼茫的虛空。

抱著膝蓋用僅存的一隻眼睛看著，所有的思想都凝固、窒息。另一種痛，痛到蔓延到全身，痛到她不能動。

已經很久沒有感覺到痛了。為什麼？為什麼她會這麼痛？痛到幾乎要龜裂、崩潰？她真的龜裂了。乾燥沒有彈性的皮膚，像是大旱後的田地，裂了開來，露出底下腐爛而化膿的血肉。引來了許多蒼蠅，嗡嗡的像是黑雲一樣叮咬。因為這腐爛的血肉含著名為「絕望」、「怨恨」的劇毒，所以中毒的蒼蠅群瘋狂的互相廝殺，吞滅，並且在這有毒的糜爛血肉中產卵。

像是一種惡毒的輪迴。孵化後的蛆吃了有毒的血肉，互相吞併，而楊花，只是漠然的看著自己的腐敗，看著自己成了蛆蟲的糧食，一聲不吭。

這個多月沒有人來的祠堂，眾多列祖列宗的牌位，默默的看著沉默的楊花，用自己的身體為蠱盆，眾多蛆蟲和腐敗的肉身、無盡的絕望和怨恨，成為眾蠱。

這是一個，沒有持咒，沒有法力，自然生成的蠱陣。事實上，這趟艱辛的旅程開始不久，楊花就病死了。但是堅強的執念讓她沒有發現這個事實，因為不知道自己死了，所以她成了一具活死人，不渴求血肉的殭尸。

即使是現在，如此狂怒怨恨的現在，她也不知道自己死了。她看著蛆蟲啃噬著自己，只求速死。她不知道她成了蠱盆，當然也不知道，她得到了另一種，迥異於所有眾生的生命。

不管是不是備受詛咒，她甦醒，撕破了巨大的蛹爬出來。光潔、健康，不著寸縷。她恢復生前的模樣，還帶著一種擁有魔力的魅惑。

楊花沒有死，但也不算還活著。

她成了蠱。

*　　*　　*

春天晚娘面。早上還微風和煦，下午就淅瀝瀝泣起微雨。去年秋天大收，今春雨水又厚，看來年冬是越來越好了。

狗兒招呼著爹娘，媳婦兒已經煮好了飯菜，是飯時了。

「哎唷，我肚子痛。」狗兒捧著肚子。

「真是的，吃飯就鬧肚子。」媳婦兒瞪了他一眼，「可記得洗手才准回來。」

他嘿嘿的笑著，國字臉有著羞赧的紅，他匆匆穿過淅瀝瀝的雨幕，朝遙遠的茅房走去。

一家熱熱鬧鬧的吃飯，和往昔的日子沒有什麼不同。唯一的不同是，狗兒再也沒有回來了。

家人放下碗筷，屋前屋後的尋找，茅房幾乎翻了過去，一個大男人，就這樣消失了。

全家子驚慌了起來，驚動了左鄰右舍。一個成年的大男人這樣憑空消失？這怎麼可能？

但他就是不見了。

全家鬧了一夜都沒睡，媳婦兒抱著虎兒哭得兩眼似核桃，但她的丈夫就是失了蹤影。

春雨不斷的下著，淅瀝瀝。直到天明，這雨才停了，暖暖的春陽，照在翠綠的田野上，雨滴閃爍著晶瑩。

但是相較於明媚春光，這農家的淒雲慘霧顯得格外的陰霾。

近午時的時候，一個全身素服披麻帶孝的女子哭著爬進大門，腰上拴著麻繩，拖著裹著草蓆的門板，聲音悲戚響亮，「公公，婆婆……兒媳報喪來了……」

焦慮不安的公婆霍然站起，寡居的姊姊尖叫一聲，和妹妹們抱在一起發抖。

「妳……妳是楊花？」公公的臉孔蒼白的跟紙一樣。

寶珠糊塗了。楊花？那不是狗兒病死的前妻？清明時節，她還跟狗兒去掃過墓呢。

「可楊花姊姊不是死了嗎？」

跪在地上哭的楊花哀怨的瞅她一眼，「公公婆婆，為您報喪來了……」她揚高聲線，又哭又吟的說，「王家獨子絕了，血脈斷定了……嗚嗚嗚……兒媳為您報喪來了……」

驚恐的婆婆鎮靜下來，劈頭給了楊花一個耳光，「妳活著我不都怕妳，還怕妳死了作怪？給我滾！」

楊花啜泣著，卻消失了蹤影，只留下裹著草蓆的門板。那裹得密密實實的草蓆，滲著血。

公公大著膽子解開草蓆……狗兒瞪著一雙極大的眼睛，幾乎突出眼眶。滿臉驚駭莫名，大張的嘴似乎還有痛苦尖叫的迴音。

也就頭顱完整。他只剩下一張包著皮的骨架，身體密密麻麻的，蠕動著無數的蛆。

婆婆晃了兩晃，暈了過去。慘叫和哭嚎充塞在這個平凡的農家中。

*　*　*

狗兒最後火化下葬了。這件事情在純樸的農村引起很大的震撼和惶恐。村長和老人家們商量著，決定去找個道士來驅邪，但這算是一筆大錢，對貧窮的農村來說實在很吃力。

也有人說，這是狗兒家自作孽，和別人家應該是不相干的。

這些風言風語傳到狗兒娘的耳朵，她愣愣的坐在靈堂，眼淚撲簌簌的掉個不停。狗兒是她唯一的命根子，李家也就這麼一個獨子。說來說去，她不該貪圖不用聘金，把楊花那個掃把星娶進門。

她擦著眼淚，劇烈的心痛讓她沒有發現右手的異樣。哭著燒紙的寶珠瞥見了她，臉孔發青起來。「娘？娘妳的手……」

狗兒娘看了看自己的手，臉孔也發青了。

她的手變黑了，腫脹起來。腫得幾乎有原來的兩倍大，而且隨著時間，一天天的腫脹起來，最後像個烏黑的豬蹄，連彎曲都不能。

家人慌張的找了大夫，但是大夫看了也看不出病因，無從下藥。一天比一天疼痛，狗兒娘最後躺在床上哀號，病得無法起床。

她害怕起來，因為這隻手……就是她打了楊花的手。她痛苦、呻吟，卻一天比一天還衰弱。

「娘……您這是怎麼了？」寡居的姊姊握著狗兒娘完好的手哭，「我們是造了什麼孽……」

「妳……也知道是造孽？」昏迷中的狗兒娘突然張開眼睛，用著細弱的聲音問著，和她平常洪亮的嗓門一點兒都不相似，「還有誰比妳清楚，你們造了什麼孽呢？」

寡居的姊姊停住了哭聲，愣愣的看著緊緊攢住手的狗兒娘。這聲音……這細碎病弱的聲音……明明就是、就是……

就是楊花的聲音。

「鬼啊——」她尖叫起來，卻被狗兒娘烏黑的右手抓了一把，手背上淋漓的都是血跡。

她倉皇的逃出去，被抓破的手背痛徹心扉。然後她開始發燒，被抓傷的手開始腫脹、發黑，跟她的娘病情一模一樣。

兩個病人都倒在床上，痛苦的呻吟讓人不忍聽聞，但是在十天後的早晨，狗兒娘的呻吟停止了。

她倒在床上，大睜著眼睛，像是看到什麼恐怖的情景。而她的右手只剩下枯瘦的手骨，皮膚早就爆裂開來，無數的蛆，在血肉模糊中鑽攢蠕動。

撐著病體來見母親最後一眼的姊姊，看到這樣的恐怖，尖叫一聲，暈了過去。家裡亂著辦喪事，她覷著沒人注意，上吊了。

她懸在樑上悠悠晃晃，腫脹烏黑的手爆裂開來，許多白白胖胖的蛆就這樣滾落，在地上扭曲爬行。

不過幾天的光景，狗兒一家死得只剩下新娶的媳婦兒和虎兒。村人議論紛紛，誰也不敢去幫忙，但是狗兒的新媳婦兒寶珠，卻一本莊稼女的勇悍，獨自料理了全家的喪事。

披麻帶孝的，背著熟睡的虎兒，走進村長家裡，磕頭不已。

「哎，妳這是做什麼，做什麼？」村長又驚又怕，卻也不敢扶她。狗兒一家死得離奇，誰知道是瘟是孽？連大夫都不敢去看診，他一個平凡鄉村的小村長又怎麼有辦法，「有話好好說，淨跪著做什麼？」

「村長伯伯，你看著我長大，我嫁給狗兒也是您主婚的，這件事情非您作主不可。」寶珠，抹了抹眼淚。公公過世前，將來龍去脈都告訴了她，她算是有底了，「有仇報仇，有怨報怨。狗兒家死了大大小小十口人，再大的怨氣也夠了吧？昨兒夜裡，我又看到楊花姊姊了……」

村長差點跳起來，「妳妳妳……妳別嚇著我……」

「我也怕。遇到這種事情，誰不怕呢？她指名要我和虎兒的命。我是沒什麼，家破人亡，死便死吧。但虎兒還這麼小，跟她無冤無仇，憑什麼也得送命？我們就剩三畝薄田，一棟草屋。既然楊花姊姊不給我們活，這點家產算什麼？我拚出所有的家產，請村長代我請一位高明的道長，為我們洗冤紓孽，寶珠就算做牛做馬也感激您……」

「這可、這可使不得！」村長的臉發青了。這女鬼這麼厲害，幾天就祟死了十口人，若幫了寶珠，搞不好命也沒了，「我幫不了、我幫不了妳！」

寶珠惡狠狠的抬頭，「當真村長要見死不救？」

「我、我……我真的幫不上忙呀，姑奶奶……」村長反而朝她跪下，「我也有家有子，這種厲鬼……我真的沒辦法……」

寶珠瞪了他好一會兒，「哼，好個狐假虎威，要米要糧的村長。只會跟著稅吏啃咱們骨頭，」她往地上啐了一口，「我自尋生路去！」

她忿忿的回到空寂的家中，背著虎兒，趕著牛車往縣府去。她本來個性要強，伶俐能幹，雖是鄉下姑娘，卻也有幾分見識。她到了縣府，央了代寫書信的書生口述了她家發生的慘案，謄寫三份，一份去城隍廟化了，一份往地藏菩薩前燒了，另一份拿著往十字路口一跪，開始哭了起來。

她原本就有三分美貌，披麻帶孝又梨花帶淚，更添幾分動人。她哭訴著家裡發生的慘劇，「若有人代我家洗冤驅鬼，寶珠願將所有家產奉與恩公，終生為奴為婢！」

這件新鮮鬼話在市井間造成了轟動，許多人都來看熱鬧。連茶館老闆都丟下生意去探頭探腦，回來嘖嘖稱奇。常年在他茶館算命的先生，反而不動如山的喝茶。

「我說老劉，你老吹牛說你善捉鬼除妖，現在真有鬼了，不去賺這穩賺不賠的生意？」茶館老闆打趣著他。

「哼哼，」算命先生冷笑兩聲，「有去無回的生意，還是莫作的好。」

「你又知道是有去無回了。」茶館老闆稀奇了，「你瞧也不曾瞧一眼，又會知道了？怎麼，還真鬧得凶？」

「妖氣沖天，薰得我頭都暈了，還需要看？」算命先生掐指一算，嘆息道，「她這陰狀告得遲了。文書往返，沒三五個月是不會受理的。為了貪財，大約還要賠兩條命進去。」

茶館老闆嘿嘿的笑，似信不信的。兩天後，他倒是信了。連著兩天，接了寶珠的文書去除妖的兩個道士，都直著走進去，橫著抬出來，被蛆吃得只剩下骨架和頭顱。那張文書，端端正正的蓋在死者的臉上，染了不少血跡。

看熱鬧的人有增無減，但再也沒有人伸出援手了。

算命先生喝了茶，嘆了口氣。他整整直衫，往哭得幾乎看不見的寶珠那兒走去。人群散開來，竊竊私語的聲浪此起彼落。

「小娘子，恐怕誰也幫不了妳。」他伸手止住寶珠，「人呢，是幫不了妳，但是所謂一物降一物。雖說天機不可洩漏，但是看著妳娘兒倆白白沒命，也是於心不忍。」

他遞過籤筒，「在下為您卜上一卦。」

寶珠啜泣著，正要持籤，冷不防懷裡的虎兒抓了一支，遞與算命先生。

算命先生心裡一凜，不動聲色的拿起那只籤，沉吟著。「……貪狼，陰人？嗯……看此卦主東南，屬木。」他附耳低聲，「您往此東南行走三里，遇到位姑娘，什麼話都不用說，跪倒就拜。她願救妳，妳就有命了。若不願救……妳將孩兒託給她吧。」

她像是在無盡黑暗中看到一線光明，不住的向算命先生磕頭，抱起孩兒、撿起染血的文書，急急的趕著牛車走了。

算命先生嘆息，瞬間像是老了許多，開始收拾他的包袱。

「欸？欸欸欸，老劉，你在我這兒算命多年，我茶水也沒跟你多收錢，怎麼突然要走？」茶館老闆叫住他。

「嗐，你知道什麼？我洩漏了天機，免了她這劫，少不得要找我添補。」算命先生愁眉不展，「我再不走，禍神就要來了。」他匆匆離去，像是背後有著什麼在追趕似的。

* * *

緊揪著心，含著眼淚的寶珠趕著牛車，往東南急去。她焦慮數日，悲哀得幾乎無心飲食。幸好她在縣府的時候有些好心的大娘大嬸勸她吃些東西，善良的鄉民也不時送些食物來，但她依舊吃得少、睡得少，趕起牛車來，還有些頭昏眼花。

背上的虎兒呢喃了幾聲，給她一些勇氣。死便死吧，但她寶貝兒子怎麼可以這麼小就死？她寶貝兒子還要去學堂念書，成家立業，娶媳婦兒。沒看到曾孫出生，她眼睛不願閉。

她要看著她的虎兒平平安安的長大成人，她才能放心得下。

直往東南走，約莫三里，卻走進了縣府附近的亂葬崗。春日多變，未時剛過不久，天就陰了下來，像是要下雨的光景。將下未下的，特別的悶人。

霧濛濛的亂葬崗，飛著些烏鴉，呱呱亂叫，聽得人心頭更加發緊。

饒是膽子大，寶珠還是提著心，緊緊握著轠繩，張大眼睛瞧著。只見東倒西歪的墓碑，和一坏坏淺淺覆蓋著的新墳，雖然是白日，還是打從心底發寒起來。

尋了許久，她開始懷疑是不是讓算命先生給矇了。正失望又憤怒的要返回縣府……風裡傳來悽楚的女人哭聲。

她只覺得全身都冷了，咽了咽口水，將虎兒背緊些。趕著牛車，尋聲而去。等她找到了哭聲的來源，不禁有些失望。

是個白髮蒼蒼的老人家。算命先生明明說是個姑娘的……

那個「老人家」抬起頭，露出珠潤玉滑的半張臉。寶珠獃住了。那是張多麼美麗、哀傷，卻又恐怖的臉孔。

她慘白的皮膚泛著淡青的霜氣，眉目比仙女圖還好看許多許多倍……但是看到她，頸後的汗毛會本能的豎起來，讓人忍不住發抖。

另外半張臉裹在白布下面，滲著血。

她在哭，強烈的悲哀感染著周圍的眾生，連寶珠的眼睛都溼潤起來，只想陪著她一起放聲。

一個奇特的、滿頭白髮、披麻帶孝的姑娘，在亂葬崗哭著，分不清她是人是鬼。

算命先生說的，莫非是她？

半是被感染，半是憂急，寶珠將虎兒解下來抱著，急急的下了牛車，大哭著膝行到白髮姑娘面前，「仙姑，仙姑！救命啊，救救我們娘兒倆啊！」

白髮姑娘像是沒看到他們，只顧不斷的悲泣。寶珠跪著哭了又哭，求了又求，那白髮姑娘空洞呆滯的眼神直接穿透了她，像是什麼都沒看到。

寶珠求到最後，絕望了。若是自己沒辦法得救……虎兒總可以活下去吧？雖然託給這樣人不人鬼不鬼的陌生人……但總比跟著自己一起死的好。

「您不救我沒關係，救救我的虎兒吧！」寶珠不由分說，硬把孩子塞到白髮姑娘的懷裡。

原本哭泣不已的白髮姑娘突然停下了眼淚。低頭望著咿咿呀呀的嬰兒，空洞的表情漸漸柔和，生動起來。

狂喜、痛楚、悲哀……和恐懼。她望著嬰兒許久許久，淚水緩緩的流著，混著血的淚，混著淚的血。

「……你們身上有蠱氣。」她的聲音嬌媚卻冰冷，「他叫虎兒嗎？」

「……是！」寶珠發愣了一會兒，大夢初醒，「是，他是我的寶貝，他叫虎兒。」

「虎兒、虎兒……」她美麗的臉孔露出一絲淡得幾乎看不見的微笑，「我是唐時。記得嗎？我是唐時……」

她想摸摸虎兒稚嫩的臉孔，卻停下來，將手藏在寬大的衣袖裡，粗魯的將嬰兒塞進寶珠的懷裡。

「誰也不敢害你們。」她的臉孔猙獰起來，有種恐怖的淒豔。「回家去。回家去！」

寶珠不知是驚是迷，愣愣的抱起虎兒跳上牛車，急急的趕回自己空寂的家。

等她跨進大門口才清醒過來，呀！我怎麼回來了？厲鬼還在家裡等著呢！

她想轉身出去，高亢的哭聲拔尖而起，就堵在大門口。楊花慘白著臉孔，跪在大門，又哭又吟的說，「公公～婆婆～楊花報喪來了……你們最後一點血脈和新婦，就要死了……楊花報喪來了……」

寶珠臉孔發青，抱著孩兒衝進大廳，抖著手拴上門閂。聽著楊花在外面悽楚的報喪，她害怕得幾乎站立不住。

一屈膝，坐在竹椅上，緊緊抱著虎兒。虎兒張開他清澈乾淨的眼睛，小手輕輕拍著娘親的臉孔，給她一些安慰。

廳堂的大門一陣陣猛撞，楊花聲聲的報喪。其實她早就可以殺了我們娘兒倆。寶珠滿臉是涕是淚的想。只是她像是戲耍老鼠的貓，想要看他們驚慌，害怕。延長他們死前的痛苦。

「妳贏了，楊花姊姊。」寶珠哭著對著門外喊，「害死妳的人都死了，可跟我們娘倆有什麼關係？饒過這最後一點血脈吧。」

「……就是最後一點血脈，才饒不了。」楊花靜靜的、含笑的回答，碰磅一聲巨響，廳門被撞開來。

寶珠緊緊的護住虎兒，不屈的瞪著慘綠著臉孔的楊花。看起來他們躲不過了……虎兒虎兒，咱們娘兒倆一起去陰曹地府，去跟閻王老爺告狀……

她閉上眼睛，不想看到自己的末日。

「妳敢碰他們？」森冷而嬌媚的聲音響起，「一隻不成氣候的蛆蟲，也敢碰我要保的人？」

寶珠偷偷張開眼睛，看到那位叫做唐時的白髮姑娘，不知道什麼時候到了他們廳堂，抓著楊花的頭髮，另一隻手緊緊的掐著她的臉。

「妳憑什麼來壞我的事？」楊花嚎叫著，「妳根本不知道我吃了什麼苦、受了什麼罪，挨了什麼樣的冤屈！妳憑什麼阻止我——」

「那關我什麼事情？」唐時淡漠的回答，「要麼，妳打倒我。偏偏妳又打不過。妳走吧。除了喜葉，我不殺別人。」

抓著楊花的臉，唐時毫不費力的將她扔了出去。落地時她慘叫一聲，碎裂成無數的蛆蟲蠕動。那無數的蛆蟲忿恨的衝向廳堂……卻被唐時釋放出來的霜氣凍結、粉碎。

只有蟲心鑽進土裡，來不及消滅。但唐時也不想追殺。這漫長到她也不記得的輪迴中，她早就不想殺生了。這可悲的輪迴……逼她一次次的殺死喜葉。

這讓她對殺生有了嚴重的厭惡感。

讓她去吧。等她成了氣候，恢復蠱身，不知道是幾百幾千年過去了。歲月會帶走一切，包括她的仇敵、她的怨恨。

若是可以，我也希望歲月帶走我的痛苦。唐時望著虛空，茫然的想。

「……仙姑！仙姑！」寶珠抱著虎兒跪在地上，「感謝您的大恩大德，我為您設長生牌位，永遠不會忘記您……這家產都是您的，我願意終生為奴為婢。」

唐時像是什麼都看不見，只是愣愣的站著。「……都不需要。」

她很渴望，但她也很害怕。喜葉，喜葉。你害了我。你騙我一生一生的去找你，然後一次次的殺死你……

「……我要謝謝妳。」唐時虛弱的說，「但我也……也希望不曾遇到你們。」

她像是一抹寒冷的影子，消逝在陰暗中。寶珠抱著虎兒，瞪大眼睛，摸不著頭緒。

不過，楊花果然就不再來家裡報喪了。

* * *

這一年，虎兒十四歲，長成一個眉清目秀，喜好讀書的少年。他除了去學堂念書，放了學也幫著寡母下田，有著黝黑而健康的皮膚。

十餘年前的大變，寶珠一個婦道人家，還是把一整個家撐了起來。她一本個性中的勇悍，還招了娘家的幾個侄子來幫手，從三畝薄田起家，不但讓虎兒讀得上書，一家大大小小豐衣足食，甚至還比當初婆婆持家時多了數倍不止的家產，連草屋都翻成了瓦屋，儼然是個富裕農家了。

孤兒寡母原本就招人欺負，但寶珠這樣厲鬼爪下逃生的女人，還有什麼陣仗沒見過？村尾的浪蕩子想來個人財兩得，讓她拿著鐮刀從村頭追到村尾，還在那浪蕩子的門首惡狠狠砍了無數刀，破口大罵了半天方休；族人擺架子要她交出家產怕她改嫁，她右手三尺白綾、左手菜刀的去祠堂，罵得那些貪財的族人頭都抬不起來。

人人背後都說，這寶大娘是「鬼見愁」，鬧得這麼凶的厲鬼也怕了她，不是好吃的果子。

只有寶珠自己知道，她能撐起這個家，還是「仙姑」明裡暗裡的保佑。她再怎麼勇悍，若不是仙姑在她背後當靠山，她一個女人家又能做些什麼？

但是，日子雖然好過了，她還是常常在惡夢裡驚醒，垂著淚偷偷去探虎兒。總要在床首坐很久，確定她的寶貝好好的才拭淚離去。

每次她惶恐不安時，她就往仙姑的長生牌位上香祝禱，這才讓她心裡踏實一點。

她其實一直都是害怕的。即使是鄰居報喪，也可以唬得她跳起來。她可能永遠忘不了十四年前的那場大禍。

楊花說不定還會再來。每次想到這件事情，她就忍不住心頭發緊。雖然仙姑在她眼前粉碎了楊花，但她不怎麼相信，楊花就這麼算了。

她也是女人，她明白。

世界上最可怕的，只有女人的執念。

寶珠是對的。楊花雖然讓唐時衰滅了蠱身，但是蠱心猶存。她的怨恨越來越失去理智，越來越扭曲，她遠遠的逃逸，最後在山墳處潛伏下來。

吃著死人的屍身，在身上養著蛆。她怨恨，非常怨恨。但她漸漸忘記為什麼怨恨，只知道詛咒著那一家人的所有血脈。

潛伏著，將養著。等待著她完全復原，可以去報仇的那一天。雖然她已經忘記了那些苦難和悲慘。

她是這樣的怨、這樣的恨。全神貫注的修復自己破碎的蠱身。所以當她還殘破不堪的時候，被人從土裡挖出來，她扭曲而尖叫，巴不得啃噬打擾她的人。

「哦，一隻自然生成的蛆蠱。」那人有著美麗卻陰森的臉孔，和一把陰柔的嗓子，「我還以為我抓到唐時了呢。」

楊花停止掙扎，她的瞳孔急速的縮小，又倏然擴張，發出尖銳的忿恨。

「妳知道這名字？」那人靜了片刻，仰天大笑，「千藏萬躲，妳終究逃不出我的掌心哪，唐時唐時……」他湊近殘破並且退化成巨大蛆蟲模樣的楊花，「妳若告訴我，妳所知道的一切，我就讓妳去報仇……給妳強大好幾倍的力量去報仇。」

楊花靜滯了片刻。這漫長十幾年、退化成獸型的她，第一次歡快的笑了起來。

＊　＊　＊

今日放學放得早。

學堂裡的學生幾乎都是農家子弟，先生也知道，學生們在春耕農忙時得下田幹活，囑咐他們要好好自修，早早的放了學。

小孩兒貪玩，相約就去撈泥鰍、打果子，只有虎兒規規矩矩的回家去，哪怕被同伴嘲笑怕娘。

「還有活兒要做呢。」他回答，「你們玩是玩，別往水深的地方去。大人知道是要罵的。」

「得了，小老頭兒毛病，碎嘴。」同學們嘻嘻哈哈的去了，他搖搖頭，提著書包袱，往自己家裡走去。

家裡離學堂約有半里遠，他一路走著，一路默讀著今天的功課。

「那位小哥。」半路上，他被叫住了。一回頭，瞧見一個撐著桐花紙傘的婦人，只見一張嫣紅的嘴，嬌弱的笑著，「你可知道李狗兒住在哪？」

李狗兒？「那是我爹。大娘，有什麼事呢？」他規規矩矩的應著。

她遞出一只藍底細白楊花的包袱，「敢情好。我剛好有東西託你帶回家。跟你娘說，這是姊姊我的禮物。」

「我娘沒有姊姊呀？」虎兒訝異了。

「她大約不曾提過我吧？」那婦人掩嘴笑著，「我們因為細故不往來很久了。要去見她，我又不怎麼拉得下臉……就託你了，小哥。就說楊花大娘送禮來了。」

虎兒應了聲，接過了包袱，那婦人的指甲搽著深紅的蔻丹，他一晃神，卻覺得右手一痛，已經一條血痕。

「哎呀，對不住，大娘指甲長，劃痛了你。」那張嫣紅的嘴笑得更豔。

「不礙事。」虎兒覺得這樣的笑容挺讓人發毛的，還是很有禮貌的說，「大娘有空來家裡坐坐。」

婦人笑著，往著村郊走去，不一會兒就消失了蹤影。

虎兒心裡雖然疑惑，他還是把包袱提回家。「娘？娘！有個大娘叫我送禮回來，說是您的姊姊呢。」

寶珠疑惑的走出門，「我哪來的姊姊？」

「啊？」虎兒摸不著頭緒，「她說她叫楊花。」

寶珠的臉孔刷的慘白，一把奪過包袱……打開來一看，居然是虎兒的牌位。她如墜冰窖，全身都發冷了。

「娘……我有點暈……」虎兒晃了兩晃，倒了下去，寶珠趕緊抱住他，發現他的右手已經開始發黑。

原來……她的惡夢從來沒有醒。

「仙姑……仙姑！」寶珠逼著嗓子喊起來，「仙姑，虎兒不好了……」她哇的大哭起來，「我的虎兒不好了……」

被逼著現形的唐時也慘青了臉孔。她一直避免和虎兒見面，所以只在他身上安了心眼，並沒有跟進跟出。是誰……是誰有這通天的本領，蒙蔽她的心眼？

「……帝嚳！」

她要寶珠將所有的人都帶走，獨留高燒昏迷不醒，右手腫脹的虎兒跟她一起守在廳堂。

「楊花，報喪來了……」陰冽冽的聲音像是寒風從門縫鑽進來，「公公婆婆，楊花來報喪了……您們最後一線血脈就要死了……楊花，來報喪了……」

唐時冷冷的說，「報喪的，進來吧。」

門開了一條縫……楊花棄了人的外型，像是一條巨碩肥大的蛆蟲，從門縫「擠」了進來，昂起流著惡臭唾液的巨大口器，發出怨恨尖銳的叫聲，撲了過來。

唐時面無表情的無視她的吞噬，銳利的尖爪冷靜的穿透她的心臟，掏出一團被無數蛆蟲鑽刺蠕動的心臟。

楊花尖叫，她想一口咬死唐時，卻因為劇痛無力的垂下來，只有辦法扯去她包著右臉的白布。

那是半張恐怖的臉孔。傷疤縱橫，肌肉萎縮，眼角和嘴角都因為僵硬的肌肉而下垂，像是一張鬼臉。

「妳的怨，我明白。」唐時平靜的對她說，「並不是妳想變成這樣，也不是我想變成這樣。」

但是殺戮，又可以達到什麼？我們愛的人都不會回來，我們的生命，都無法迴轉完全。

楊花喘息著，流下最後一滴清澈的淚。

「我、我想跟狗兒白頭到老，我想為狗兒生胖娃娃。」她嗆咳著，吐出一團團的蛆蟲，「我想要好起來，我希望年年都有好收成……」

楊花的希望，真的很卑微、平凡。卻遙遠不可及，如夢幻泡影。

「我送妳一程。」唐時靜靜的說，捏碎了被無數怨恨蛆蟲啃噬的心臟，楊花呼出最後一口氣，緩緩的躺倒在地，那滴清澈的淚方入土。唐時凍結了她的殘骸和滿地滾動的蛆，霜硬而粉碎。

「得到了我若干的神力，卑微的蛆蟲還是贏不過妳啊，貪狼。」

雖然知道他必定尾隨在後，唐時還是為之一震。她蕭索的轉頭，望著這個糾纏了她終生的夢魘。

帝嚳。

他又比百年前看到他時修為更高了，臉孔泛著微微的神光。「貪狼貪狼，妳還是學不乖？這是妳第幾次殺了喜葉？這一次，妳又要殺了他？」

「我不記得了。」她絕望而平靜，低頭輕喚著虎兒，「喜葉，喜葉。你知道我又得殺你嗎？」

原本昏迷不醒的虎兒睜開眼睛，茫然的看了她一會兒，悲感的笑了笑，「唐時，妳找到我了。」

唐時對著他微笑，繼之以淚。「……我讓你……這麼一世騙過一世，騙過一次又一次……」

他閉上眼睛，像是從夢裡清醒過來，旋即又要墜入另一個夢中。他中了蛆蟲毒，這是不會好的。他會痛苦非常的死去，唐時送他一程，對他來說是慈悲。

「來找我，唐時。」他虛弱的低語。

「真感人啊，」帝嚳皮笑肉不笑的鼓掌，「我簡直要落淚了。妳的心情如何，貪狼？妳一次次殺死自己最重要的人，有什麼感想。」

這一次，唐時沒有發怒。或許她疲倦了，累了。或許這漫長的流浪，讓她體會到一些什麼。

「你呢？」她溫柔的回問，「你殺死自己心愛的妻子時，又是什麼心情？」

帝嚳的表情凝固而空白。像是凶猛而悲慟的風猛然的刮過，唐時的臉上又多了幾道血痕。

「妳想死嗎？貪狼？」他的聲音枯澀。

看守他一萬年，或許她比想像中還了解帝嚳。他殺了妻子到現在，千萬年過去了，沒有人問過他的感受。

「你非常愛她，對嗎？王妃本來是個執印仙官，你不顧門第、不顧一切，就是要娶她。你愛她愛到無法跟她須臾分離，連上戰場都帶著她。殺死她的時候，你是怎樣的心情。」

「不要再說了。」帝嚳暴怒起來，掐著唐時的脖子舉起來，「妳真的想死嗎?!貪狼？」

唐時無法呼吸，但她還是淡淡的笑著，「……我和她，有點神似，對嗎？」

帝嚳安靜下來，他什麼話也沒有說，陷入狂暴而混亂的回憶之中。像是石像一樣站了很久很久，久到指下的唐時幾乎死過去，久到他覺得堅硬的心緩緩的在滲著膿血。

原來我還有感覺。原來我還會痛。

「……她從來沒有愛過我。」帝嚳喃喃的說著，「她在我身邊只是在忍耐，而且即將忍耐不住。」

他生氣起來，憤怒的將即將氣絕的唐時摔在地上，「我殺了妳！妳什麼都沒聽到，知道嗎？妳什麼也……」

唐時護著轉世又即將死亡的喜葉，眼神有著淡漠的了解和憐憫，卻讓帝嚳更憤怒……繼之沉痛的哀傷。

「帶著他，隨便妳要殺他還是怎麼樣。」帝嚳拂袖，「我不要再看到你們，滾。」

唐時趴在喜葉身上，久久沒有動彈。她是否可以抱著微弱的希望，她再次找到喜葉的時候，用不著殺死他？

「我不走了。」喜葉張開眼睛，輕輕的撫著她的臉，「妳再也不用找我了。」

「……我可以休息了嗎？」她微弱的問，「我是否可以待在你身邊，不用再找你，然後殺死你？」

他的眼神帶著死寂和滄桑、憐憫與心疼，「對。」

千百年來，唐時發自內心，第一次笑了起來。軟軟的癱下來，倒在喜葉身上，身影漸漸模糊、幻化，成為灰燼，而融合在一起，隨風共同灰飛湮滅。

他們的魂魄相依長眠，再也不曾醒來。

這段漫長的旅程，終於有了終點。

（月如鉤　完）

國家圖書館出版品預行編目資料

雙心 / 蝴蝶Seba著.
-- 初版. -- 新北市 : 雅書堂文化, 2017.09
冊； 公分. --（蝴蝶館 ; 77）
ISBN 978-986-302-388-3

857.7 106015601

蝴蝶館 77

雙心

作　　者／蝴　蝶
發 行 人／詹慶和
總 編 輯／蔡麗玲
特約編輯／黃子千
執行編輯／蔡毓玲
編　　輯／劉蕙寧・黃璟安・陳姿伶・李佳穎・李宛真
執行美編／陳麗娜
美術編輯／周盈汝・韓欣恬
封面影像／Zacarias Pereira da Mata/Shutterstock.com

出版者／雅書堂文化事業有限公司
郵政劃撥帳號／18225950
戶名／雅書堂文化事業有限公司
地址／新北市板橋區板新路206號3樓
電子信箱／elegant.books@msa.hinet.net
電話／（02）8952-4078
傳真／（02）8952-4084

2017年09月初版一刷　定價320元

經銷／易可數位行銷股份有限公司
地址／新北市新店區寶橋路235巷6弄3號5樓
電話／（02）8911-0825
傳真／（02）8911-0801

Seba · 蝴蝶

Seba · 蝴蝶

Seba・蝴蝶

Seba・蝴蝶

Seba · 蝴蝶

Seba・蝴蝶